TRIBUNAL DA SOCIEDADE

ELENA GAN

NOVALEXANDRIA

TRIBUNAL DA SOCIEDADE

ELENA GAN

Thais Carvalho Azevedo
Tradução

NOVALEXANDRIA

1ª Edição - São Paulo
2023

© Copyright, 2023 - Nova Alexandria
2023 - 1ª edição
Título Original - *Sud sveta*

Todos os direitos reservados.

Editora Nova Alexandria
Rua Engenheiro Sampaio Cœlho, 111
04261-080 - São Paulo - SP
Fone: (11) 2215-6252
Site: www.editoranovaalexandria.com.br
E-mail: vendas@novaalexandria.com.br

Tradução: Thais Carvalho Azevedo
Revisão: Renata Melo
Editoração: Bruna Kogima
Capa: Bruna Kogima
Ilustrações: Marianne von Werefkin (1860-1938)

Dados Internacionais de Catalogação na Publicação (CIP)
Tuxped Serviços Editoriais (São Paulo, SP)
Ficha catalográfica elaborada pelo bibliotecário Pedro Anizio Gomes - CRB-8 8846

G195t   Gan, Elena.
Tribunal da sociedade / Elena Gan; Tradução de Thais Carvalho Azevedo.
- 1. ed. - São Paulo, SP : Editora
Nova Alexandria, 2023.
144 p.; 14 x 21 cm.

Título original: Sud sveta.
ISBN 978-85-7492-504-2.

1. Autora. 2. Literatura Russa. 3. Literatura Século 19. 4. Romance. I. Título.
II. Assunto. III. Autora.

CDD 850
CDU 82(450)

ÍNDICES PARA CATÁLOGO SISTEMÁTICO
1. Literatura russa: Romance
2. Literatura: Romance (Rússia).

"Quem poderia resistir à troca da curiosidade pela compaixão diante de uma dor tão inconsolável e desolada? E que compaixão não transbordaria em reverência na presença de dois seres caminhando juntos de mãos dadas, não para o festim da vida, mas para o sono da sepultura; almas diferentes, mas que caminham juntas, com passos iguais, estranhas em pensamentos, em lágrimas, sempre com um sorriso pronto, com uma palavra de aprovação para o outro, porém com uma dor solitária e indivisa para si mesmas?"

Elena Gan

APRESENTAÇÃO

ELENA GAN E O TRIBUNAL DA SOCIEDADE

A presente edição traz a tradução inédita da novela *Tribunal da sociedade*, de Elena Gan, que integra a literatura de autoria feminina em língua russa da primeira metade do século XIX, totalmente desconhecida no Brasil.

O Século XIX costuma ser chamado de Era de Ouro da literatura em língua russa, como referência a seu auge. Nessa relação, são lembrados os nomes de Dostoiévski, Tolstói, Gógol, Turguêniev, Tchékhov e Púchkin. Há autores menos citados, como Lérmontov, Gontcharov ou Leskov. E há, ainda, nomes quase totalmente ausentes. São nomes femininos.

É óbvio que qualquer tentativa de definir um cânone literário é polêmica: é impossível canonizar sem excluir. No entanto, no caso da literatura russa do século XIX, a ausência das escritoras é, de fato, marcante. No que diz respeito às traduções das obras russa clássicas no Brasil, essa lacuna torna-se maior ainda: enquanto surgem novas e novas traduções dos grandes romances de Dostoiévski e Tolstói, até o momento foram publicadas apenas três obras de autoria feminina da Era de Ouro: a novela *A moça do internato de Nadiêjda Khvoschínskaia* (Editora Zouk, 2017) e duas novelas de Sófia Tolstáia: *De quem é a culpa?* e *Canção sem palavras* (Editora Carambaia, 2022).

A verdade é que, no cânone literário do século XIX, as mulheres estão presentes mais como personagens – basta lembrarmos de *Anna Kariênina* e *Natacha Rostova* de Tolstói, e das personagens femininas de Turguêniev, Dostoiévski, Tchékhov. Porém, essas representações são fortemente marcadas pela ótica masculina. Mulheres também aparecem na qualidade de musas, filhas, irmãs, esposas-guardiãs como *Sófia Tolstáia* e *Anna Snítkina-Dostoiévskaia*. No entanto, elas eram e, infelizmente, continuam sendo ignoradas como autoras. Somente no século XX a literatura em língua russa ganha contornos mais femininos: Marina Tsvetáieva, Anna Akhmátova, Teffi, Zinaída Guíppius, Nina Berbiérova, Svetlana Aleksiévitch, Liúdmila Petruchévskaia, Liudmila Ulítskaia e Tatiana Tolstaia são alguns dos nomes das escritoras russófonas traduzidas no Brasil. Destaca-se também o trabalho pioneiro da editora Boitempo, que lançou, em 2017, um volume dedicado ao papel das mulheres no processo revolucionário de 1917: *A revolução das mulheres*, sob organização de Graziela Schneider.

Entre as recentes contribuições está o livro *História da personalidade feminina na Rússia*, de Ekaterina Schépkina (Editora Feminas, 2021, tradução de Érika Batista). Há, ainda, estudos sobre a atuação feminina em outras esferas artísticas, como o cinema: por exemplo, a coletânea *Cinema soviético de mulheres*, organizada por Marina Cavalcanti Tedesco e Thaiz Carvalho Senna (Editora Nau, 2021). A presente publicação almeja somar-se a essa nova tendência de dar destaque aos nomes historicamente silenciados.

Elena Gan (1814-1842) – mãe da escritora Vera Jelikhóvskaia e da filósofa religiosa Elena Blavátskaia (Helena Blavatsky) – foi uma das mais talentosas autoras da primeira metade do século XIX. Elena Fadiéeva nasceu na província de Kiev, na Ucrânia, em uma família da aristocracia e recebeu excelente educação em casa. Desde cedo apaixonou-se pela literatura e pela poesia. A família recebia em suas casas em Odessa e em Kichinev a elite artística e literária, inclusive Aleksandr Púchkin, que deixou seus poemas no álbum dos Fadiéev. Elena casou-se cedo com um homem mais velho, o capitão de artilharia Piotr Gan, e passou a vida inteira viajando com o seu regimento pela Ucrânia e Rússia. As agruras da vida errante não a impediram de continuar os estudos e de se iniciar na carreira literária. A sua primeira novela, *O ideal*, foi publicada na revista *Biblioteca para leitura*, em 1837. Em seguida, na mesma revista, publicou sucessivamente as novelas *Utballa* (1837), *Jellaleddin* (1838), *Medalhão* (1839), *Tribunal da sociedade* (1840) e *Teofania Abbiaggio* (1840). Tendo se desentendido com o editor da *Bibliotiéka dliá tchtiénia* (Biblioteca para Leitura), Óssip Senkóvski, em parte, por ele corrigir e alterar sem nenhuma cerimônia seus manuscritos, Gan passou a publicar em *Otiétchestvennie zapíski* (*Notas da Pátria*), uma das mais importantes revistas literárias da Rússia oitocentista. Nela, foram publicadas as novelas *Talento em vão*, *Liúbonka* e *Vendedora de flores* (1842).

Em sua obra, Gan, chamada de George Sand russa, levanta a questão da posição das mulheres na família e na sociedade, muito discutida na Rússia dos anos 1840. A escritora se utiliza da literatura para tecer duras denúncias em relação à pressão e às violências postas sobre a mulher no contexto aristocrático e conservador da época, sendo uma das principais precursoras do movimento feminista na literatura.

A sua novela *Tribunal da sociedade* (1840) é constituída por três partes, cada uma delas narrada por personagens diferentes: mulher-escritora e dois protagonistas, Vlodínski e Zenaida. Zenaida é uma típica personagem romântica, acima do cotidiano, atraída pelo ideal do amor eterno. Além do nome Zenaida, que remete ao pseudônimo literário de Elena Gan (ela assinava suas novelas como Zeneida R-va), a novela traz outros traços autobiográficos. Assim como Gan, Zenaida também se casou cedo com um militar e passou a vida acompanhando-o nas viagens. No entanto, talvez a maior característica autobiográfica resida na primeira personagem. A novela começa por uma espécie de moldura em que uma escritora esposa de general vê-se obrigada a acompanhar o marido em campanhas militares, de cidade em cidade, passando por todos os julgamentos e desconfianças que cercam uma mulher que se pretende intelectual: "a pobre escritora vai almoçar, na inocência de sua alma, sem suspeitar que foi convidada para uma exibição, como um macaco dançarino, como uma cobra em um cobertor de flanela (...)".

No segundo momento, essa escritora encontra uma carta em que reside uma história trágica, banhada no mais profundo e melancólico Romantismo europeu. No entanto, encontramos aí um espelho da tensão que assolava os intelectuais russos da época entre a influência europeia e o resgate de uma cultura eslava que se queria imaculada e incorruptível em relação ao mundo Ocidental. Vlodínski, o narrador, oscila entre a personagem romântica perfeita da torre de marfim e uma figura patética e satírica de alguém sem autocontrole, sem maturidade emocional ou senso crítico em relação ao que recebe da sociedade que o cerca e, principalmente, sem respeito pelas mulheres. Quanto à tensão das duas tendências de pensamento, a autora reflete um pouco de sua visão ao representar a alta sociedade fútil e superficial sempre associada à cultura e até à língua francesa; ao passo que o nacionalismo eslavo aparece geralmente associado ao apego a uma mente e valores mais sólidos e profundos.

Apesar de seguir a estrutura e a linguagem clássicas do Romantismo europeu, como o foco no campo semântico do sentimentalismo, da sublimação e do pessimismo em relação ao mundo real, a novela traz um componente transgressor, embora sutil: a crítica à idealização da mulher romântica, a uma sociedade preconceituosa e ao comportamento do homem romântico, que possuía uma paixão pura, sublime e perfeita na corrente literária em questão, e agora se torna invasiva, destrutiva, egoísta, resultando numa tragédia.

Na terceira parte, narrada por Zenaida, conhecemos a perspectiva de uma mulher que se nega a atender às expectativas da sociedade desigual e conservadora, e que, embora tivesse inúmeros interesses e uma mente rica de conhecimento e curiosidade, é durante todo o tempo resumida a um par romântico e provocadora de homens, uma mera "coquete", sentenciada pelo resto da vida a carregar os julgamentos e violências do tribunal da sociedade.

Podemos dizer, em suma, que a novela trata das perspectivas humanas e seus limites, suas lacunas, suas influências equivocadas e as tragédias daí decorrentes. Grande parte dos desafios da tradução surgiram justamente da tentativa de manter as lacunas construídas propositalmente pela escritora. A rica combinação de diferentes estilos, como romântico, gótico, satírico-irônico e de diferentes gêneros, como autoficção, carta, novela, foi também um grande desafio na medida em que a tradução se propôs a acompanhar com atenção as mudanças de linguagem da autora, de acordo com cada estilo e gênero. Além disso, a tradução do título – em russo, *Sud sveta* – trouxe talvez a maior das dificuldades. É um título exímio, tanto por trazer uma forma impactante, curta, aliterada e poética, quanto por conter dentro dela um significado surpreendentemente vasto. A primeira palavra, *sud*, pode ser traduzida como juízo, julgamento ou tribunal. Escolhemos a última opção por trazer uma imagem mais concreta e potente. Quanto à segunda palavra, *svet*, em russo, significa mundo, sociedade, luz. E, de fato, acreditamos que a autora quis trazer os três sentidos para o título, referindo-se ao mundo e à sociedade como agentes do julgamento guiado pelas paixões terrenas, e à luz como o julgamento divino. O entrelaçamento de sentidos também fica claro todas as vezes em que a autora usa a palavra *svet* ao longo da novela, cada hora referindo-se a um dos três significados. Nesse aspecto, a tradução foi também um jogo de investigação para descobrir qual dos sentidos era o escolhido a cada vez que a palavra surgia.

Esperamos que a tradução da novela *Tribunal da sociedade* estimule o interesse pelas obras de autoria feminina e incentive futuras traduções dessa vasta literatura. Por fim, agradecemos ao Laboratório de Estudos da Tradução (LABESTRAD) da Universidade Federal Fluminense por todo o apoio nesse projeto.

Thais Carvalho Azevedo
Ekaterina Vólkova Américo

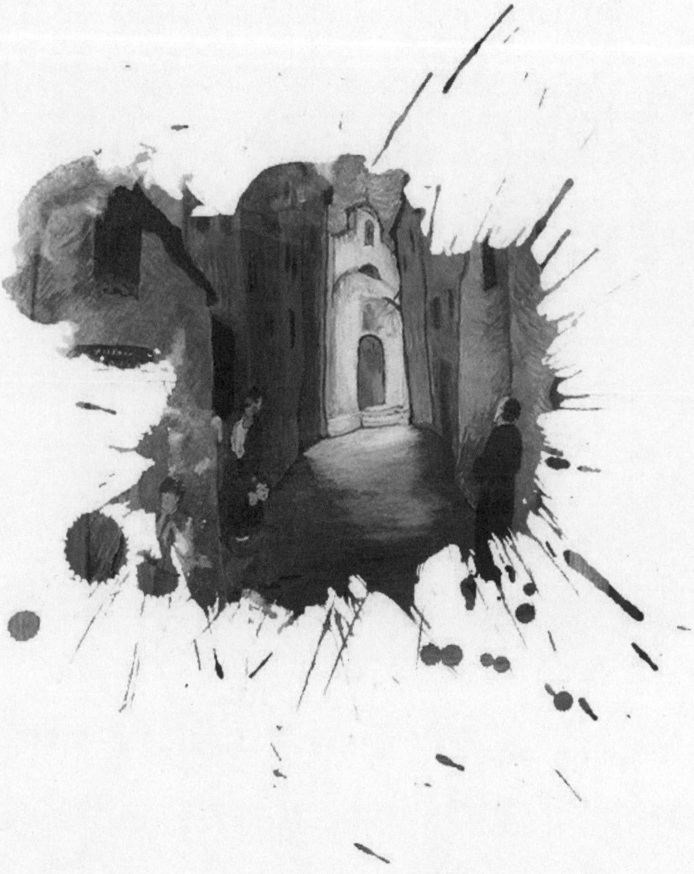

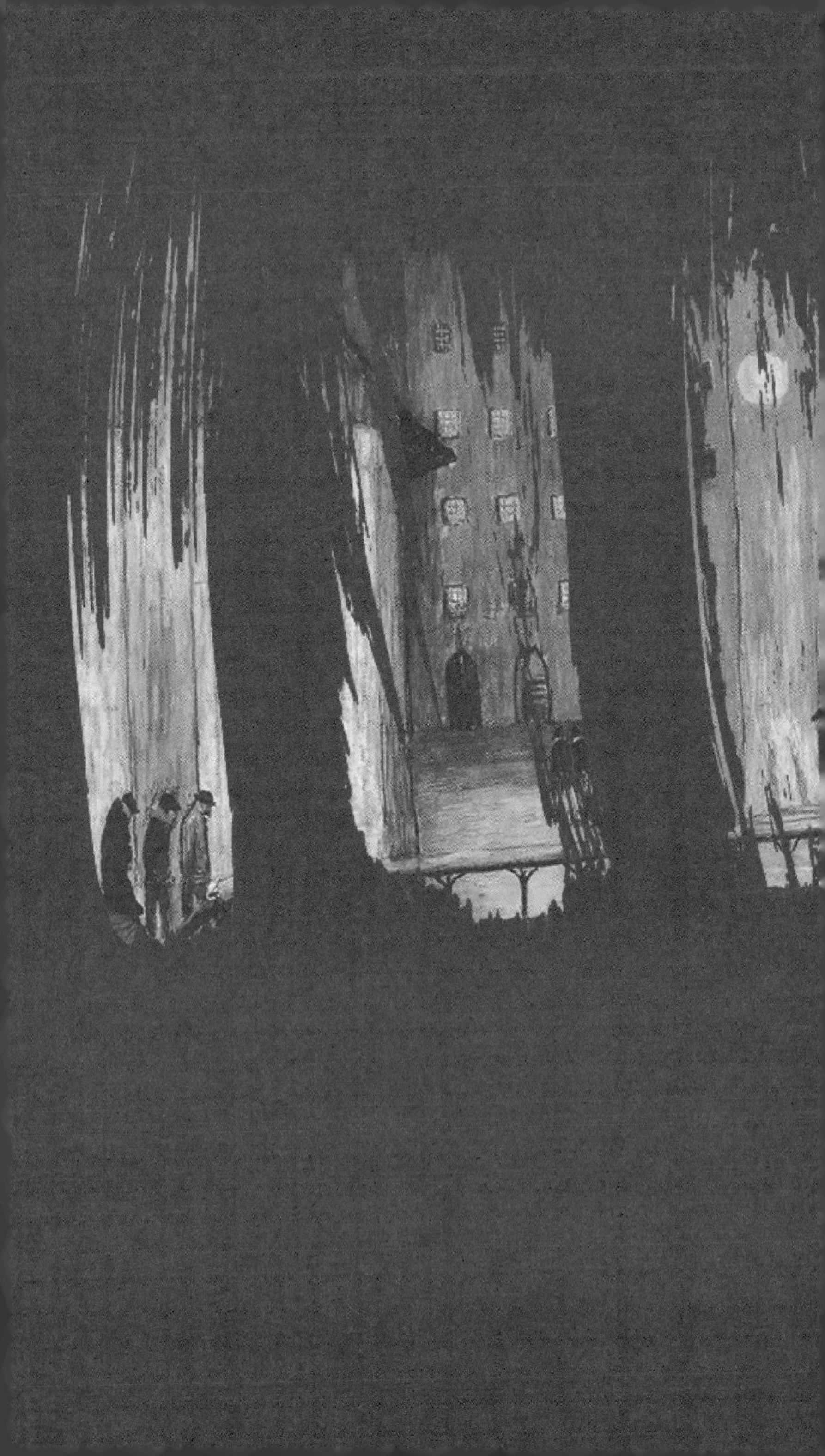

Tribunal da sociedade

Er ist dahin, der susse Glaube
An Wesen, die mem Traum gebar,
Der rauhen Wirlichkeit rut Raube,
Was einst so schon, so gottlish war.[1]

Schiller

Qual cor tradisti
Qual cor perdisti
Quest' ora orenda
Ti manifista.[2]

Vincenzo Bellini

---

1 Ela não está mais lá, essa querida fé / Nas criações de um sonho ardente.../ A extração da triste verdade, / Fantasmas de antiga beleza.

2 Que coração você enganou / Que coração você perdeu / É tempo de oração / Deixe-o aberto para você.

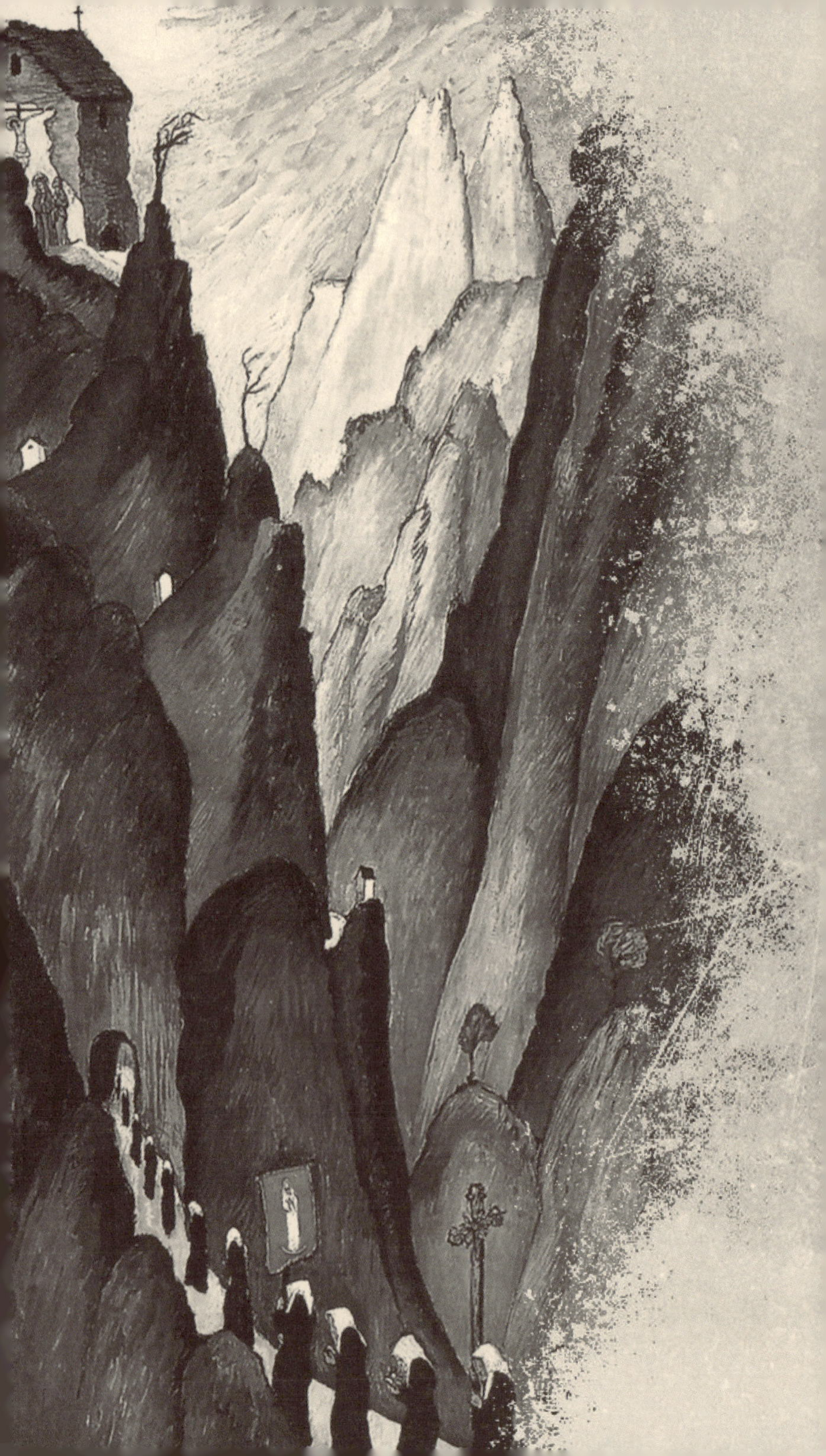

— Tenho a honra de parabenizar vossa excelência pela campanha! – Gritou o mensageiro, batendo as esporas, parando imóvel na porta.

Campanha! Esta notícia pegou nossa pequena sociedade no momento mais poético da vida militar – claro, tempos de paz – no crepúsculo de dezembro, à mesa do chá, quando o vapor do samovar fervente aquecia o ar gélido da cabana, reunia todos os presentes em um círculo apertado e o chá, envolvendo na quentura os membros congelados, esclarecia pensamentos, desatava línguas e conferia vivacidade e fluência às conversas. Em tal momento, a palavra "campanha" caiu para nós como se do céu sobre uma mesa de chá, sacudiu todos os nossos corações com uma força eletrizante. O chá foi esquecido, cigarros e charutos, descartados – perguntas, conversas, agitação, desenrolavam-se como se uma ofensiva fosse marcada para o dia seguinte. Menos de uma hora depois a ansiedade acalmou-se, todos se sentaram em seus lugares anteriores, e puseram-se a falar com mais tranquilidade sobre a vida futura.

Uma mudança de quartel é uma grande época na vida militar, a transição até o novo quartel leva todo um período – mas nesse momento isso ainda não se costuma pensar. Os oficiais geralmente se preocupam, pois há muitos proprietários ricos em torno de suas futuras moradias. Será que são hospitaleiros? Será que gostam dos militares? O comandante, munido de contas e documentos, expõe as vantagens e desvantagens de se alojar em tal e tal província, sua esposa – se estiver contaminada pela moda – imagina-se colocando seus chapéus e turbantes nas carroças – se tiver pretensão de se instruir, para tal, arruma livros e partituras – e, com antecedência, acomoda mentalmente seus filhos, babás, empregadas e cachorros de raça pomerana em uma enorme carruagem de viagem.

Cerca de dois meses antes, começam os preparativos e as preocupações, e eis que chega o momento esperado: os trompetistas, trotando em cavalos cinzentos, dão um sinal, as fileiras de cavalaria partem em movimento, entoa-se uma canção ousada e, acompanhados de Deus, partem para uma longa jornada!

Paradas, almoços, pernoites, diárias se seguem em uma prolongada série, sem sair da rotina nem mesmo no tempo ocioso; os arredores sucedem-se lentamente, como o cenário de um teatro de província... Um descendente de Apolo, que com habilidade destila metáforas poéticas de tudo, talvez comparasse nossa procissão a algum fenômeno idílico da vida humana, mas nós, que conhecemos a campanha não a partir descrições pitorescas de escritores e aposentados, mas em sua realidade, não podemos encontrar comparação mais segura que uma prosa tediosa e lenta: afinal, são vírgulas e pontos que a diversificam!

Eis que chega a última viagem; a terra prometida está próxima! – Viemos, acomodamo-nos, olhamos ao redor; novos rostos, costumes, novas amizades, cada passo na sociedade é como um passo num lago congelado: você vai sentindo e testando onde é mais seguro colocar o pé. No entanto, os jovens não demoram a se acostumar: duas ou três quadrilhas e são familiares, amistosos, apaixonados; todas as dificuldades ficam do lado das senhoras, esposas de oficiais e comandantes.

Nas sociedades, os homens com dragonas brilhantes são tão adorados que não são submetidos a um escrutínio rígido; donos de terras, cidadãs e cidadãos os recebem com carinho, convidam tais homens para jantares e serões, para agradar suas suseranas. Já as esposas de militares... ah, isso é outro assunto! Juízas de gênero feminino examinam suas rivais recém-chegadas com um olhar não muito amigável, julgam com severidade suas vestimentas, feições, comportamentos. Estas são duas nações estranhas uma à outra, dois elementos heterogêneos – eles não se unem de modo fácil e rápido em um todo harmônico.

E se, por infelicidade, uma dessas senhoras invasoras destaca-se das outras de alguma forma – em beleza, talentos, riqueza! Se a fofoca vilã corre à sua frente, trazendo notícias dela para os novos lugares e, antes mesmo de sua chegada, desperta a curiosidade, incita a rivalidade, inflama o orgulho, chama a inveja – e essa fera magricela de face esmæcida, de antemão afia os dentes para a vítima desconhecida, mas já odiada?

"Mas o que pode despertar com tanta força as emoções das mulheres? Que superioridade, que destaque?", minhas boas leitoras dirão. Meu Deus! Repito: um ligeiro avanço ou regresso para fora do círculo do ordinário; um relevo na superfície lisa da sociedade. Imaginem uma esposa de tenente de beleza estonteante e impressionante, uma esposa de capitão, natural da América do Norte, que o acaso atirou das margens do Mississippi às margens do rio Oka, junto com um dote de um milhão, ou pelo menos com um título de qualquer natureza; uma escritora, isto é, uma mulher que já havia escrito duas ou três novelas em seu tempo livre, que mais tarde, por acaso, ganharam capas duras.

"O quê? Uma escritora mulher de capitão ou tenente?... Isso sim é um absurdo! Isso não existe e não pode existir! – Muitos e muitos se oporão. – É verdade, Genlis[1] escreveu, mas ela pertencia à corte, era uma condessa! Staël[2] escreveu, porém, seu pai era um ministro – ambas receberam uma ótima educação, mas a esposa do capitão?". No entanto, vamos supor, nem que seja por brincadeira, que no meio da multidão de oficiais recém-chegados, apareça uma mulher escritora de mãos dadas com um deles. Todos sabem de antemão sobre sua chegada, coletam rumores sobre ela, contam umas histórias verdadeiras e outras inventadas – eis que finalmente ela chegou, ela está aqui...

"Ah! Como seria conhecê-la!" Ela, decerto, traz a marca de um gênio em sua fronte; decerto, só fala de pœsia e literatura; expressa suas opiniões com espontaneidade, usa termos técnicos, carrega consigo lápis e papel para agarrar as ideias felizes!...

É com esse tipo de preconceito que as pessoas vão conhecer a escritora recém-chegada.

---

[1] Refere-se a Caroline-Stéphanie-Félicité (1746-1830), conhecida como Madame de Genlis, a escritora francesa do final do século XVIII e início do século XIX, conhecida por seus romances e teorias da educação infantil.

[2] Refere-se a Anna-Louise Germaine de Staël (1766-1817), escritora francesa e teórica literária que teve uma grande influência sobre os gostos literários da Europa no início do século XIX. Foi exilada da França por se opor a Napoleão.

Uma ou duas semanas se passam...

— *Ma chère*[3], venha almoçar comigo na quinta-feira.

— E o que você tem nesse dia, é seu aniversário?

— Não, a Madame *** almoçará comigo. Sabe? A escritora.

— Ah, com muito prazer, vejamos que tipo de escritora ela é.

— E você, Avdótia Trífonovna, gostaria de conhecê-la?

— Não vou conhecê-la, apenas virei para um breve olhar.

— Você chegou a ler seus escritos?

— Claro que não! Eu lá tenho tempo para ler esse tipo de bobagens.

— E o que foi que ela escreveu?

— Nada demais, umas ninharias, na certa roubadas da *Revue étrangère*[4].

— Ah, não, *ma cherrinha*[5], pura imitação de Marlíinski[6].

— Rá, rá, rá! Não chegaria aos pés.

---

3 Mantido do original, significa "minha querida", em Francês.

4 Refere-se a *La revue étrangère et française*, coletânea francesa de textos políticos, científicos e literários considerados de importância canônica.

5 Do original, *Machérotchka*, um neologismo resultante da mistura de *ma cherie*, com o sufixo diminutivo russo.

6 Pseudónimo literário de Aleksandr Bestújev (1797-1837), famoso escritor dezembrista na Rússia do século XIX.

— Permita que eu também participe de seu almoço de quinta-feira! – Exclama o narrador de todos os eventos solenes da província de ***ski – Permita-me, em nome de sua beleza! Há muito tempo queria conhecê-la, julgar sua inteligência e talentos, fazer algumas perguntas, expressar minha opinião franca sobre suas criações. Hum... acho que ela aceitará meus conselhos com gratidão! – Acrescenta com feliz convicção, acariciando as lapelas cor-de-rosa de seu colete de veludo azul.

— Oh, minha querida alma! Ouvi dizer que se ela encontra inspiração, então onde quer que esteja, em um baile, em uma carruagem ou na margem do rio, imediatamente começa a recitar em voz alta.

— Ah, se na quinta-feira a inspiração a encontrasse! – Exclama uma jovem ingênua da província.

— Sabe, dizem que todas as heroínas de seus romances são inspiradas nela mesma.

— Como assim?

— Naturalmente, quando alguém pega uma pena, não demora a descrever a si mesmo.

— Ora, como é possível? Afinal, suas heroínas não são todas assadas na mesma fôrma! Esta é uma menina da aldeia, aquela é uma senhora da alta sociedade, uma é entusiasta, a outra é mais fria que gelo, a primeira é russa, a segunda é alemã, a terceira é uma selvagem, uma basquire[7] ou algo do gênero.

— Mas... vocês esqueceram – exclama o perspicaz pœta – que ela não é apenas uma mulher, mas uma mulher escritora, ou seja, uma criatura especial, uma aberração da natureza ou, mais correto: uma degeneração do gênero feminino. Afinal, se nascem pessoas com cérebro de pássaro e pernas de bode, por que não admitir que sua alma, criada à imagem e semelhança de um camaleão, finja ser tal e tal, escreva um retrato de si mesma e se transforme em outra?

— Ah... estão vendo só...

— Bem, talvez... – duas ou três senhoras declamam, acreditando cegamente em todas as lendas do grande pœta.

— Então, me digam, por favor – diz a respeitável anciã, que havia ganhado cabelos grisalhos em santa ignorância das matérias deste mundo – digam-me, ela escreve assim mesmo, como imprimem nos livros, palavra por palavra? Ou seja, por assim dizer, se ela escrever uma palavra, imprimirão exatamente daquela forma?

E com uma resposta afirmativa, ela expressa o desejo de ver uma mulher que saiba escrever da mesma maneira que se imprime nos livros.

---

7   Referência ao grupo étnico túrquico que habita o atual Bascortostão na Rússia.

Chegou a fatídica quinta-feira, a pobre escritora vai almoçar, na inocência de sua alma, sem suspeitar que foi convidada para uma exibição, como um macaco dançarino, como uma cobra em um cobertor de flanela que os olhos das mulheres, sempre afiados em analisar as qualidades de suas comadres, armaram-se para encontrá-la com uma centena de lupas mentais, para julgá-la por um fio de cabelo do chapéu ao sapato; que esperam dela inspiração e discursos livrescos, pensamentos marcantes, voz de catedral, algo especial em seus passos, em reverências, e até mesmo frases latinas misturadas com a língua hebraica. Porque uma mulher escritora, segundo o senso comum, não pode deixar de ser uma erudita e uma pedante. E por qual motivo será? Não consigo explicar!

Meu Deus, é só pensar em quantas pessoas, durante toda a vida, inventam e espalham mentiras gratuitas pelo mundo – e ninguém pensa em dar-lhes certificados de erudição só porque elas inventam oralmente! Enquanto isso, se uma pobre escritora esboçar num papel uma das mentiras mencionadas acima, todos unanimemente a veem como uma erudita e pedante? Digam, por que para quê essa admiração não solicitada!

Além disso, ela não consegue se aproximar de ninguém. Alguns imaginam que ela imediatamente fará das pessoas máscaras em gesso e as entregará vivas para uma revista. Outros enxergam um sorriso satânico nos lábios, uma perspicácia satírica em seus olhos, espionagem traiçoeira – mesmo onde, na verdade, qualquer espionagem seria um balde tirando água do ar – tudo nela parece ser diferente das outras mulheres... De fato, eu não sei o quê, mas algo está deveras errado!

Julguem, então, a partir deste pálido esboço de uma milésima parte de como as coisas são para uma pobre escritora, como é para ela vagar pelo mundo, ser uma hóspede não convidada em todos os lugares, sempre ser reconhecida. Assim que se torna familiar em um lugar, assim que se acostumam a ver nela uma mulher sem o áspero adjetivo "escritora", assim que pessoas queridas a acolhem, de repente surge uma campanha, uma mudança de moradia – recomeça-se tudo do zero.

No entanto, fui poupada desse último inconveniente na província de Novorossísk, onde nos foram atribuídos alojamentos numa grande vila estatal, em torno da qual, por uma área de dezesseis verstas, não havia nada além de estepes, pântanos, areia e vilas estatais semelhantes.

É bastante difícil e tedioso fazer uma visita a estranhos a cinquenta verstas de distância! Mas não encontrar os donos em casa, passar a noite em sua aldeia, na cabana suja de um mujique, ao lado de seus parentes, descendentes e animais domésticos – esse é o maior dos desprazeres.

E aí está a situação a que fui exposta em uma noite, isso é pelo que fui obrigada a passar – eis a que devo os momentos mais doces da minha vida. Com tal consciência, como não colocar isso, ao menos entre parênteses: inescrutáveis são os caminhos do Todo-Poderoso!

Irritada com minha visita malsucedida, sentei-me encolhida num canto sob os ícones, esperando o chá, para o qual a anfitriã ferveu água em uma panela de barro gordurosa. Ao redor, em cima e embaixo do grande forno a lenha, suas crianças se esperneavam e balbuciavam. Mais adiante, na porta, o senhor da casa conversava com um outro mujique visitante. Involuntariamente, decerto não por curiosidade, comecei a ouvir a conversa: o senhor, com as expressões mais hilárias e raivosas, reclamava sobre a mesquinhez do proprietário de terras. Seu camarada, ao contrário, derramou tantas bênçãos sobre o proprietário, falou dele com um ardor tão incomum para um ucraniano fleumático, que intervim na conversa, querendo saber o nome do raro proprietário-filantropo.

— Dmítri Egórovitch Vlodínski - o mujique me respondeu.

Vlodínski?... Esse sobrenome me pareceu familiar, não sabia onde ou quando o ouvira, mas havia sido há muito, muito tempo. Conversando mais, eu soube que esse Dmítri Egórovitch Vlodínski era solteiro, muito rico, mas ainda nos anos de juventude doou todos os seus bens aos filhos de sua irmã, deixando para si apenas umas cinquenta almas de camponeses; que uma de suas sobrinhas, também recusando o casamento, foi morar com ele, assumiu todas as responsabilidades da economia da propriedade, o paparica e o ama como um pai; e que essas pessoas estranhas vivem como eremitas, renunciando completamente a qualquer comunicação com o mundo.

Eis o que soube com as falas confusas do camponês, quando, tendo a ideia de perguntar-lhe o nome da sobrinha de Vlodínski, ouvi o nome e o sobrenome de uma moça que conhecia há muito tempo, ao lado de quem cresci e fui criada até os quatorze anos.

Na mesma noite, meu interlocutor se transformou no deus Mercúrio da correspondência entre as amigas e assim, como Vlodínski morava a duas verstas do meu pernoite, no dia seguinte, ao amanhecer, recebi uma resposta, um convite, e em meia hora encontrei-me nos braços da minha melhor e amada amiga, Elizaviéta Nikoláevna Z.

Não preciso dizer que nossa proximidade e amizade foram renovadas, que nos víamos com muita frequência, embora eu fosse privada do prazer de a receber em casa. Por mais de doze anos ela não cruzou o limite de sua propriedade, não deixando seu tio eremita nem por uma hora. Mesmo na minha presença, ela dividia o tempo entre eu e ele, porque Vlodínski era invisível para mim, como para o mundo inteiro, e, durante meus dois anos de visitas, eu o vi apenas duas vezes e, ainda assim, de passagem, por acaso.

Não se conclua disso que ele era um misantropo, um aleijado repleto de caprichos, um gotoso, ou até um naturalista que transformou seu escritório em um cemitério de todos os tipos de animais e insetos. Não, ele não sofria de nenhum dos males crônicos; os camponeses, não só da sua aldeia, mas também de todas as aldeias vizinhas, abençoaram a sua generosidade e disponibilidade para sempre ajudar o próximo; seu caráter era constantemente quieto, manso, sem a menor sombra de manias ou caprichos; e não tinha predileção especial por nenhuma ciência, embora fosse bastante versado em muitas. Ele nem mesmo era de idade avançada – de acordo com sua sobrinha, acabara de chegar aos quarenta – mas paixões ou tristezas o haviam envelhecido, e, a julgar pela aparência, ele poderia ter setenta anos. Seu rosto estava seco e coberto de rugas; as feições proporcionais e delicadas pareciam ainda mais tenras pela palidez fosca e pelos cabelos grisalhos e prateados. Em seus olhos sem luz e sem brilho refletia-se tamanha languidez, tamanha inércia morta de todos os sentimentos, que, à primeira vista, podia-se ver nele alguém que não era habitante de nosso mundo.

Dezoito anos se passaram desde que ele, aposentado na primeira flor da juventude, enterrou-se na solidão, cortou todas as relações com as pessoas, distanciou-se de todos os conhecidos, de todos os prazeres da sociedade, e desde então não mudou mais o seu modo de vida eremita.

Mas, tendo morrido para si mesmo, parecia viver uma vida dupla para os outros. A mais alta, a mais pura abnegação era a lei de seu ser; atirar-se na água e no fogo para salvar o último mendigo, privar-se do que era necessário para o enriquecimento dos pobres, aparecer sempre e em todos os cantos antes de ser chamado, estando a postos para amparar em qualquer desgraça – tudo isso era o ar e o alimento de sua vida. Por mais que o Senhor lhe tivesse concedido as faculdades mentais, as forças espirituais e corporais, os tesouros terrenos, tudo, sem exceção, ele havia gastado, entregue aos outros, como se na verdade não precisasse de nada.

Ele tinha apenas uma irmã, que não existia há muito tempo; todos os seus filhos foram criados, edificados e postos no mundo, e o idolatravam além da medida, a maior evidência disso era minha amiga, que lhe deu como presente sua própria liberdade.

Essa moça, que parecia ter sido criada de corpo e alma para adornar a sociedade, aos dezessete anos renunciou a ela, renunciou à felicidade da vida matrimonial, aderiu a uma vida de monja apenas para afastar do tio com ternos cuidados a ansiedade da vida doméstica, para acalmar seu corpo exausto com atenção e vigília e, às vezes, afugentar com sua conversa as lembranças de sofrimento de sua mente. Foi privada do melhor e mais sublime conforto – curar a alma do enlutado – sem saber, sem sequer imaginar, a causa da eterna dor tão profunda, tão inacessível nos subterrâneos de seu peito, que o corroía como um verme faz ao cadáver.

Ela não estava a par do tipo de tempestade que havia desintegrado seu coração, secado a nascente de todas as forças vitais; o que o empurrara para fora do círculo social, sua malícia ou seus próprios crimes, ódio por eles ou por si mesmo; ela não soube se ele implorou consolo ou perdão do céu, e com lágrimas, das quais ela viu apenas vestígios pela manhã, se ele regou as úlceras de seu coração, ou tentou lavar as manchas sangrentas do pecado indelével... Tudo era e permaneceu um mistério; e, no entanto, ela superou todos os obstáculos, libertou-se dos abraços de seus queridos, desprezou as tentações do mundo, a perseverança superou a própria resistência de seu tio, que por muito tempo havia repelido seu sacrifício, e se trancafiou em seu refúgio para compartilhar o peso de seu fardo espiritual.

Na vizinhança, falava-se com estranheza sobre Vlodínski, atribuía-se a ele muitos incidentes românticos, dizia-se sobre algum evento terrível, sobre um crime. Uns comentavam que teria se apaixonado por engano, em meio a um tumulto de povos e poderes, por alguma princesa; as sensíveis donzelas daquele país ainda dedilhavam a valsa melancólica, que, em suas palavras, ele teria composto quando tomado num ataque de loucura amorosa; outros viram nele uma réplica do exilado de Bornholm[8] e insistiram apenas no fato de sua irmã ser muito mais velha do que ele.

Se ele tivesse renunciado à sociedade um pouco mais tarde, depois de aparecer no círculo dos poetas um novo, brilhante meteoro, surpreendendo o mundo com a harmonia selvagem de seus cânticos, Vlodínski certamente teria sido promovido a Childe Harold[9], a Lara[10], mas, infelizmente, naquela época nem Byron nem o *spleen* haviam chegado ao conhecimento dos proprietários das estepes, e após isso todos se habituaram à vida do vizinho eremita, como de costume, esquecendo-se dele.

Um dia, sabendo que naquele momento ele passeava pelo jardim, ousei entrar em seu escritório.

---

8 Ilha longínqua de propriedade da Dinamarca. Uma possível referência ao conto "*Ilha de Bornholm*"; (1794), do escritor sentimentalista e historiador russo Nikolai Karamzin.

9 Refere-se a "*Peregrinação de Childe Harold*", do poeta romântico Lord Byron, publicado em 1812.

10 Refere-se a "*Lara*", poema trágico, também de Lord Byron, publicado em 1814.

Paredes nuas, arranjo desordenado de mesas e cadeiras e uma enorme biblioteca – eis tudo o que se apresentou aos meus olhos. Os livros estavam espalhados por toda parte numa estranha confusão: filósofos e retóricos, clássicos e românticos, poetas e prosadores jogados pelo chão, em mesas, em um longo divã turco. Era evidente que muitas vezes eram utilizados, mas sem propósito, sem prazer, apenas para encurtar um tempo longo e deprimente; como quando se pega a primeira coisa que vem à mão e muitas vezes se descarta antes de terminar a página, como um remédio fraco demais para curar feridas tão graves. Nos outros cômodos era perceptível o mesmo descaso do proprietário por todos os confortos da vida; na casa, como no jardim, ainda havia vestígios do antigo luxo, mas tudo estava descuidado, vazio, selvagem. Numa palavra, nesta habitação, cada canto testemunhava a presença de um homem que vive sem objetivo, sem desejos, um miserável que recebe e se despede de uma série de dias monótonos, como um condenado, sentenciado a rebocar navios terrivelmente carregados e à noite, partir não para descansar, mas para uma viagem de regresso ao mesmo lugar de onde, no dia seguinte, deverá começar o mesmo trabalho.

Quem poderia resistir à troca da curiosidade pela compaixão diante de uma dor tão inconsolável e desolada?

E que compaixão não transbordaria em reverência na presença de dois seres caminhando juntos de mãos dadas, não para o festim da vida, mas para o sono da sepultura; almas diferentes, mas que caminham juntas, com passos iguais, estranhas em pensamentos, em lágrimas, sempre com um sorriso pronto, com uma palavra de aprovação para o outro, porém com uma dor solitária e indivisa para mesmas?

Monótonos eram meus encontros com minha amiga, silenciosas e tácitas eram nossas conversas, mas eu não as trocaria por nenhum prazer das grandes sociedades. Depois de uma estadia de dois anos no distrito ***ski, assuntos de família me levaram ao outro extremo da Rússia e, quando voltei para casa cinco meses depois, fui recebida com a notícia da morte de Vlodínski.

Então, com mais frequência do que antes, comecei a visitar sua sobrinha órfã. Inconsolável em sua perda, ela abençoou a morte que acalmou o sofredor depois dos tormentos tão longos e incessantes. Seu modo de vida não mudou em nada: ela estava tão desacostumada com as pessoas que não conseguia se aproximar delas novamente. Doze anos de hábito fizeram com que passasse a amar a solidão e uma vida reservada. Por mais alguns anos, ela ainda cumpriu a elevada missão na Terra, iniciada por seu tio, de fazer o bem a toda e qualquer pessoa. Parecia que estava terminando sua existência inacabada, indo na mesma direção, rumo ao mesmo objetivo que ele havia alcançado pouco antes; e, como ele, ela desceu à sepultura, sem levar consigo o menor arrependimento de sua partida do mundo, mas com uma diferença: ele ansiava por fugir da vida, chamava a morte, enquanto nela, nem vida nem morte despertavam qualquer desejo ou qualquer medo, ambos lhe pareciam igualmente desconhecidos. Ela estava no mundo, mas não vivia. O seu ser era apenas uma adição a outro ser, um presente voluntário a alguém de quem o destino e as pessoas haviam tirado tudo.

Após a morte de Vlodínski, um pacote com uma inscrição em nome de sua sobrinha foi encontrado sob a cabeceira. Era sua confissão mortuária – uma descrição de sua juventude, suas paixões, alguns minutos que engoliram o resto de sua vida, e a cópia de uma carta que sempre fora mantida no peito do sofredor e, a seu pedido, foi enterrada com ele na sepultura.

Ambos estiveram em minha posse e têm estado escondidos em minha pasta durante muito tempo, a salvo de todos os olhos. Mas agora que não há mais ninguém na Terra que se aproxime das pessoas que participaram deste triste drama, agora que todas as suas testemunhas desapareceram do círculo dos vivos ou, espalhadas pelo mundo, esqueceram o incidente na sociedade, decido apresentar aos meus leitores o manuscrito de Vlodínski como um esboço da dupla existência de uma mulher, uma imagem da alma brilhante e pura, cintilando solenemente em seu mundo interior, e seu falso reflexo nas opiniões dos homens, neste espelho traiçœiro que, como o beijo de Judas, ao lisonjear-nos face a face, prepara perseguição, vergonha e, muitas vezes, até a morte pelas nossas costas.

Aqui está uma cópia que redigi palavra por palavra da nota de Vlodínski e da carta secreta:

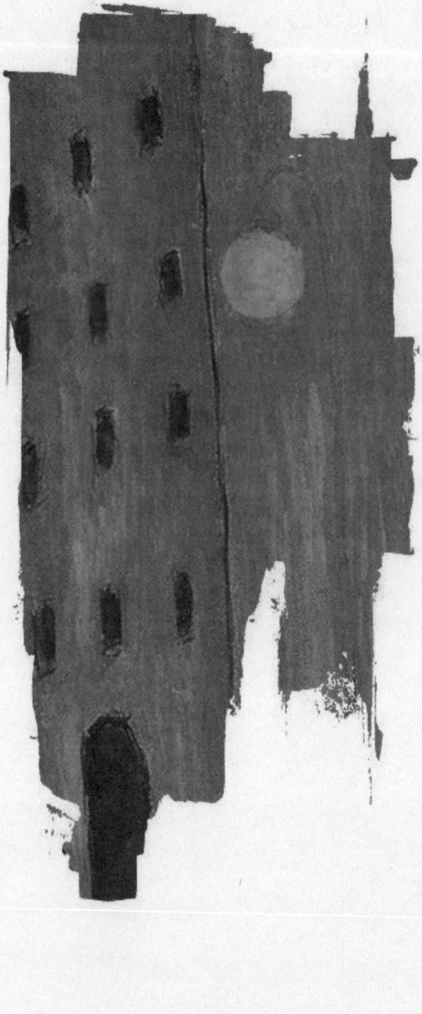

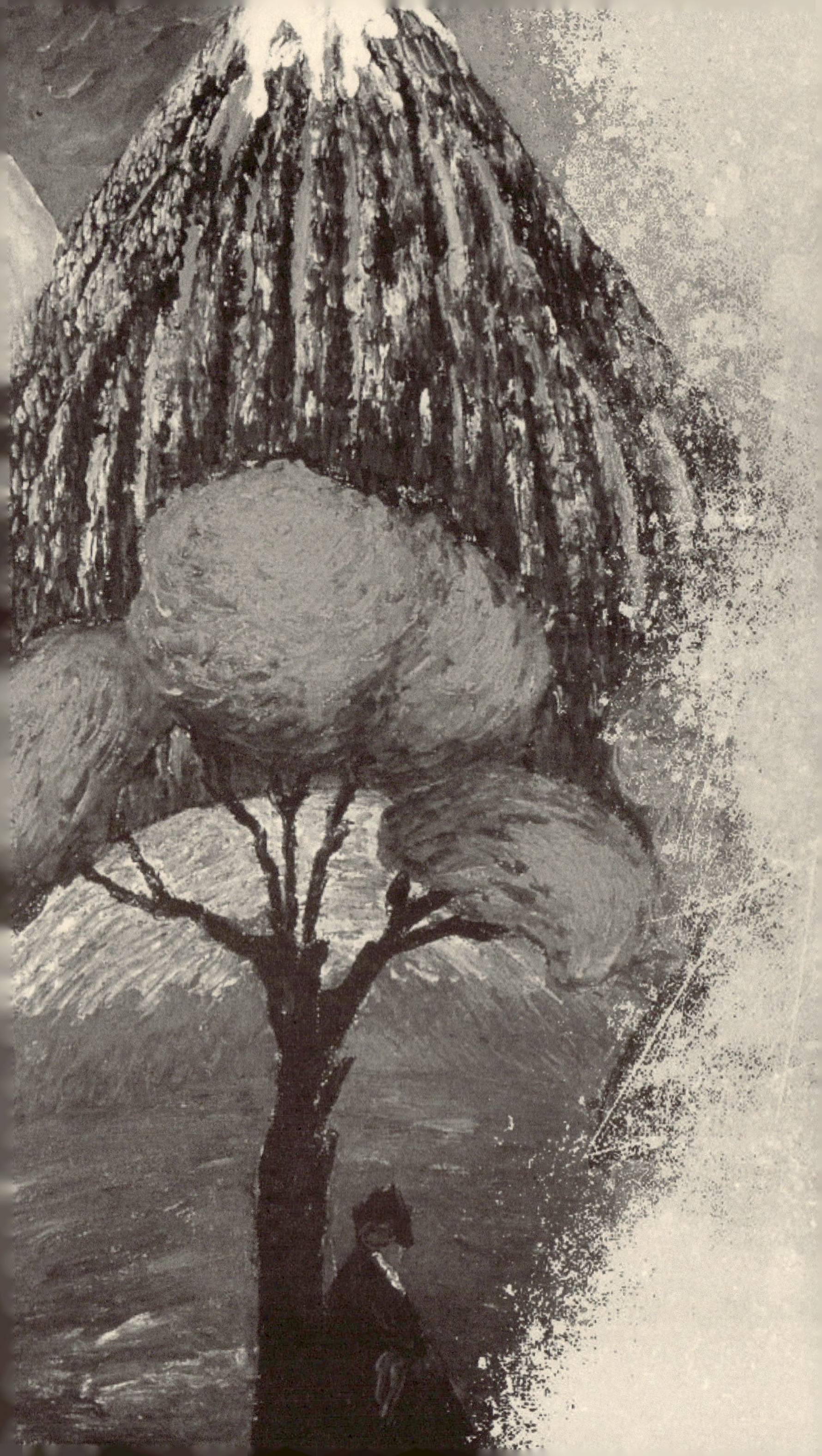

"O tempo de nossa separação está chegando. Sinto que o momento abençoado de minha libertação dos laços terrenos está próximo. O fim da vida, do sofrimento! A alma aspira à morada prometida da paz eterna e feliz.

Mas, deixando a Terra, não quero continuar sendo seu devedor, minha única amiga, minha alegria; não quero deixar o mundo sem compartilhar com você tudo o que me fez feliz e tudo o que torturou e atormentou minha alma. Há muito tempo queria dizer-vos a razão da minha renúncia à vida em sociedade. Mais de uma vez, em sua presença, o segredo fatídico trepidou em meus lábios; serviu-me de reprovação seu sacrifício desinteressado, sua comovente devoção, sua ignorância em relação àquele por quem você sacrificou um tempo irrecuperável de diversão, amor, prazer, por quem e com quem você foi enterrada viva na sepultura... Perdoe-me, perdoe-me... não fui capaz de transmitir-lhe em palavras a triste história dos meus delírios, do meu pecado; não ousei reviver todas as memórias da minha juventude de uma vez.

Os soluços teriam sufocado a voz em meu peito, sangue em vez de lágrimas jorraria de meus olhos... Perdoe-me mais uma vez! Tive medo de que algum tempo depois, mesmo involuntariamente, a compaixão ou o arrependimento não surgissem em seus olhos: eles são insuportáveis para mim, eu os afastei para sempre...

Não partilhei a minha felicidade com ninguém; não procurei a mão de ninguém para me apoiar em tempos de angústia e solidão; não pedi a ajuda de ninguém para cometer um crime obscuro e terrível. Devo agora colocar o fardo do meu castigo sobre ombros de outrem? Devo derreter a minha tristeza com as lágrimas de outrem? Devo adormecer o aguilhão da vergonha no peito de outrem, com consolos sofísticos de outrem?

Não, não! O destino, tendo-me tornado órfão na minha primeira infância, mostrou-me claramente o meu caminho. Solitário em jogos infantis, solitário na vida, no amor, nos devaneios, na própria tortura do arrependimento, descerei só à sepultura com a orgulhosa convicção de que tudo aquilo que foi dado a mim pelos céus, tudo aquilo com que as pessoas me envenenaram, toda a destruição lançada do próprio inferno sobre mim, tudo isso levei em minha alma, enterrei ali completa e irrevogavelmente.

Há algo de reconfortante em ter escolhido a solidão permanente. Enquanto pelo menos um pensamento nosso se comunicar com o pensamento de outro ser humano, nossos laços com as pessoas não são rompidos: tal pessoa detém a chave para a expressão do nosso rosto, pode prever os movimentos do nosso coração, e há momentos em que você parece depender dela. Só se pode ser chamado de mestre completo de si aquele que foi capaz de se enterrar em si mesmo, em cujo rosto um sorriso e uma ruga permanecem para todos um hieróglifo, cujas lágrimas na maré mais forte não transbordam das margens da alma, mas voltam a verter para dentro dela, ainda tão amargas, ferventes, impenetravelmente profundas.

E não é mais fácil sentir uma lágrima que caiu no coração do que vê-la congelada no peito frio de um indiferente? Resignei-me ao meu silêncio antes de me dares a tua mão em eterna união, em tristeza e afastamento da sociedade; meus sentimentos se fortaleceram em sua concha, as lembranças cresceram em minha alma: agora devo arrancá-los com meu sangue para compartilhá--los com você!... Além disso, a dor, como uma lamparina, é gasta na luz que se espalha: guardei a minha em uma urna funerária; ardia sem faíscas, sem ar, era eterna, porque seu alimento não se esgotava por nada.

Sim! Tenho preservado e acarinhado a minha dor, tenho alimentado e vivido com ela, como o rei errante viveu outrora ingerindo venenos[11]. Perdoe-me por não a convidar para meu banquete solitário, não lhe oferecer um cálice da minha bebida. Agora que bebi tudo, até a última gota, tome a taça vazia,

---

11 Provavelmente se refere a Mitrídates VI, governante do antigo reino de Ponto de 120 a.C. até 63 a.C., que ingeria diariamente doses pequenas dos venenos mais comuns na tentativa de se tornar resistente a eles.

a medida do meu sofrimento; aceite a última força de minha memória, sentimentos e vida... A partir destas folhas conhecerá tudo e regozijar-se-á com a minha partida do mundo...

São-lhe conhecidos os detalhes da minha infância, criação, orfandade precoce; você sabe que sua mãe, que era dez anos mais velha do que eu, estava casada há muito tempo e vivia em uma província remota, enquanto eu, mal tendo criado asas, precipitara-me no campo, então barulhento e ameaçador, de operações militares.

As convulsões que abalaram a decrépita Europa, a queda dos reinos, a incrível ascensão de Napoleão, suas gigantescas façanhas, sua insaciável sede de glória, seu heroísmo, gênio, orgulhosa arrogância e sucesso constante em todas as empreitadas levaram o espírito dos jovens ao mais alto grau de tensão. Parecia que os tempos belicosos da Grécia e de Roma haviam ressuscitado; todos aqueles que podiam empunhar armas enfileiravam-se sob bandeiras que pairavam ao vento; nenhuma vitória parecia impossível, nenhum grau de grandeza, inacessível.

Levado por um desejo comum, também me entreguei à ambição, aos sonhos de glória, e minha alma se fechou a tudo o que não fosse glorificado pelo som das trombetas, que não fosse exaltado pelo clamor das nações.

Assim se passaram os primeiros seis anos de minha entrada no serviço até 1815, e só a partir desse momento é que se pode considerar minha entrada na sociedade, porque até então a rotina de bivaque não me permitia conhecer esta vida;

eu a vi de longe, aos trancos e barrancos, transportada dos aposentos hospitaleiros de um latifundiário russo para a sociedade hostil de cavalheiros poloneses, do *boudoir* de uma parisiense até as arrumadas casas alemãs.

Nessa vida ativa, cheia de ansiedade e folia, entre a orgia do dia anterior na tenda e os preparativos para a batalha do dia seguinte, não havia tempo para filosofar, para analisar as pessoas e a sociedade anatomicamente, para conferir sua moral com os conceitos das grandes verdades, cuja abundância no mundo das ideias se encontra em proporção inversa ao número de seguidores na prática. Em minha cabeça e em meu coração não havia nada definido, original; das minhas noções juvenis e entusiasmadas, confundidas com os frios exemplos da vida cotidiana, das anedotas e das opiniões dos meus colegas, da leitura de algum livro que me caía nas mãos, formou-se em minha mente o caos mais heterogêneo. Andei de olhos vendados; agi sem perceber o que fazia; pensei para mim mesmo e em voz alta, nunca entendendo o porquê desta forma e não de outra. Eu tomava a ardileza como o mais alto grau de inteligência; a prontidão para lutar com um amigo, até mesmo para matá-lo por puro mal-entendido, como prova de coragem e nobreza cavalheiresca. Eu mal conhecia as mulheres, mas, graças à prepotência de meus camaradas e a vários romances franceses, não tive uma ideia muito favorável sobre elas. O homem era, a meu ver, a coroa de toda a cadeia visível da criação; eu considerava a mulher um elo secundário, uma transição do homem para as criaturas sem palavras:

ela me parecia uma flor bonita, mas não digna de muita atenção, florescendo para o entretenimento momentâneo do homem nas horas de lazer. Quanto ao amor, não o considerava mais importante do que uma anedota contada sobre uma taça de champanhe, o disparo de uma pistola contra um alvo ou a leitura de um epigrama estúpido... Tais eram minhas ideias e meu caráter no vigésimo segundo ano de minha vida; foi assim que meu renascimento me encontrou.

Durante o movimento geral de tropas, parte para ocupar alojamentos na França, parte de volta para a Rússia, nosso regimento parou na Alemanha, em uma pequena cidade acima do Reno. Lá, adoeci com uma forte febre nervosa e, quando o regimento foi ordenado a sair, não consegui tirar minha cabeça do travesseiro. Tendo coletado evidências de toda a faculdade de medicina, meu comandante decidiu me deixar no local até que eu me recuperasse e confiou-me aos cuidados de seu amigo, o Barão Gorkh, um homem de idade avançada, sem família, dedicado de corpo e alma ao Governo russo. Assim que o regimento partiu, o barão me transportou, inconsciente, para sua casa de campo, e lá, só um mês depois, iniciei a vagarosa volta à vida. Mal tinha chegado a primavera. A propriedade do Barão Gorkh, localizada em algum tipo de desfiladeiro entre as montanhas, era cercada de florestas e parques densos por todos os lados; o vento uivava dia e noite nas árvores desnudadas, a neblina cobria constantemente os arredores, tudo era monótono e selvagem. A própria casa do barão, que pertencia às construções da época feudal, estava quase em ruínas. A maior parte estava desabitada, sustentada apenas pelo orgulho do proprietário, que honrava as paredes decrépitas do castelo como testemunhas da grandeza passada de seus ancestrais. Mesmo o quarto em que o malvado médico me condenou a uma prisão prolongada poderia servir como uma espécie de cômodo dos tempos cavalheirescos: alto, abobadado, com cornijas em que havia armas e paredes pintadas com folhas de carvalho entrelaçadas aos brasões dos barões de Gorkh, com uma janela de arquitetura gótica voltada para o jardim; também possuía móveis maciços e desajeitados e uma série de retratos de corpo inteiro, que mais de uma vez, em acessos de minha irritabilidade mórbida, enfureceram-se com sua postura importante e empinada, especialmente as mulheres, com a afetação com que se erguiam, espremidas na cintura como vespas, com buquês de rosas enormes na mão. Todos esses elementos se enraizavam profundamente em minha memória, misturados com lembranças de uma canção de ninar, de brincadeiras com a ama; parecia que, renascido para a vida, eu voltava à infância; era fraco, caprichoso como um bebê e, como tal, em nada obedecia à voz da razão.

Quando me contaram pela primeira vez sobre tudo o que tinha acontecido durante a minha doença, quase caí de novo numa febre. A ideia de ter sido deixado sozinho, como um pássaro baleado, numa terra estrangeira, quando todos os meus amigos e colegas tinham ido para casa, levou-me ao desespero. Implorei a todos e a cada um que me deixassem ir, queria cavalgar dia e noite para alcançar o regimento, quando ainda não conseguia sair da cama sem a ajuda de outra pessoa. O barão e o seu médico de família visitavam-me regularmente duas vezes por dia, passavam meia hora no meu quarto, e, quando saíam, deixavam-me sozinho com um velho criado, que cuidava de mim com muita dedicação. Para além destes três, não vi uma única alma viva em todo o castelo.

Preciso dizer que estava triste e com uma nostalgia inexprimível? Os dias prolongavam-se num fio sem fim, como minutos de espera apaixonada. Solitário, abandonado por todos, pregado em meu leito, remexi-me nele mais de uma vez, amaldiçoando minha doença, e aborrecido, impaciente, ansiava por mudanças até no que me cercava, captava o menor farfalhar, escutava cada rangido de portas, inventava para mim mil atividades, para encurtar o tempo pelo menos um pouco: ora lembrava versos há muito decorados, ora contava as espadas nas cornijas e os cachos nos retratos das respeitáveis avós e tias do barão, mas na maioria das vezes me sentava, apoiado em travesseiros, contra a janela, olhava para o balanço dos galhos verdes desbotados, e, se acontecesse que um pássaro matutino, rodopiando e flutuando no ar, voasse gritando para o céu, eu o seguia com tristeza nos olhos e invejava a liberdade do inquilino aéreo.

De uma feita, em semelhante posição, fui capturado pelo crepúsculo. Escurecia; o sino tinha tocado às sete horas com prolongadas badaladas; o meu velho criado Christian tinha-me deixado sozinho, como era seu costume, acreditando que eu devia dormir a esta hora. Depois, olhando sem pensar para a senda do jardim, que, começando debaixo da minha janela, perdia-se na distância entre as árvores densas, percebi uma figura humana. Esse fenômeno era tão incomum no castelo que voltei toda a minha atenção para ele. A figura estava se aproximando rapidamente; eu já podia distinguir a cor escura de suas roupas; mais alguns momentos, e vi com nitidez uma mulher envolta em um manto, com um véu jogado sobre a cabeça.

Uma mulher? Aqui? Sozinha?... Nas paredes do mosteiro de Chartreuse, sua aparição não teria me surpreendido mais. Olhei para ela com intensa atenção, tentando em vão desvendar o enigma de sua presença. Ela andou durante muito tempo ao longo da senda; à luz do entardecer eu não conseguia ver o seu rosto, especialmente porque a minha cama estava bastante longe da janela; mas, pelo seu andar, pela rapidez dos seus movimentos, podia deduzir que era jovem, e já podia imaginar a sua semelhança com os traços das beldades que havia conhecido antes. Escureceu; ela desapareceu no meio do parque; eu estava novamente a sós com minhas suposições e conjecturas.

Até hoje não consigo explicar a mim mesmo a razão da estranha repulsa que senti ao considerar questionar o meu criado sobre este fenômeno. Ele voltou; eu não lhe disse uma palavra e preferi perder-me no labirinto das minhas fantasias. Mais de uma vez durante a noite, num delírio febril, pareceu-me que uma das belas avós do meu mestre se separaria da tela, desceria pela janela para o jardim, caminharia pela senda, e depois, inserida na moldura, retomaria a sua posição sem vida...

Claro que a estranha impressão produzida em mim pela aparição da mulher no jardim deve ser atribuída à imobilidade e à irritabilidade mórbida dos meus nervos. Na languidez do ócio, minha alma, correndo ávida em direção a tudo o que pudesse lhe trazer o menor entretenimento, agarrou-se com toda a força da imaginação a um único ponto que a atingia com novidades e imprevistos. De manhã acordei com o pensamento de uma beldade errante: tal a imaginei; e confesso que se debaixo do manto escuro e do véu me aparecesse uma velha disforme, considerar-me-ia durante algum tempo tomado por verdadeira infelicidade.

O barão e o médico visitaram-me à hora habitual; o dia passou de acordo com a rotina; começou a escurecer e esperei impaciente pelo momento em que o criado me deixaria sozinho. Ele partiu, e logo surgiu o objeto de minha espera, na mesma senda, com as mesmas vestes. Ela caminhava, como na véspera, com passos rápidos, ora se aproximando, ora se afastando, mas em vão cansei a vista tentando ver suas feições: ela me apareceu embaçada através da dupla neblina da distância e do crepúsculo, como o fantasma de um sonho que eu havia tido há muito tempo. Apenas uma vez o vento, tendo arrancado seu véu, atirou-o no galho de uma árvore; ela então jogou seu manto para o lado e, em um salto, inclinou o galho sobre o qual o tecido flutuava.

Esse movimento, leve, rápido, não me deixando dúvidas sobre sua juventude, provocou ainda mais minha curiosidade. Como no dia anterior, ela partiu ao cair da noite.

Acompanhei-a com os olhos durante muito tempo: queria adivinhar, pela direção dos seus passos onde se escondia a desconhecida, de onde aparecia; mas foi em vão. Ao mergulhar no emaranhado de árvores na luz bruxuleante do crepúsculo, ela parecia afundar em espumas de neblina noturna, fundindo-se com elas como uma visão desencarnada e desaparecendo, deixando apenas um vestígio de tristeza inexplicável em minha alma.

A noite inspirou-me novos sonhos, criou asas para minha imaginação, e, com seu jogo, ressuscitou a velha lenda de um poeta alemão que outrora me seduzira, sobre uma sílfide da floresta que ganhava contornos humanos graças ao escolhido favorito. Não seria você aquele fantasma gentil, a criação das partículas mais puras do ar e o perfume das flores, um sentimento sem corpo, um pensamento malvestido de formas transparentes - não seria você que aparece a um viajante, abandonado no reino de suas florestas de carvalhos, para remover a dor de seu coração, para adoçar para ele o ar amargo de uma terra estrangeira?... Durante muito tempo estive ocupado com esses sonhos infantis; à vista da estranha, adorava entregar-me, entreter com ela minha imaginação que se tornara grosseira com a vida adulta. Todos os dias eu a via, minha Sílfide Errante, no parque; às vezes, se ficava mais quente à noite, o manto era substituído por um xale, o véu era jogado para trás, e a brisa soprava e atirava seus longos cachos ao ar, mas a hora e o local do passeio nunca mudavam.

Não posso expressar como me tornei apegado, viciado na visão de minha estranha; com quanta angústia esperava a noite, fingia dormir, e depois que o velho Christian se retirava, com que emoção arrancava o cobertor, levantava-me dos travesseiros e, apoiando as costas na parede, olhando para longe, permanecia imóvel até que ela aparecesse. Ela! Eu gostava desse nome, e contentava-me com ele, não tinha curiosidade de saber o verdadeiro, porque os nomes foram inventados para distinguir as pessoas umas das outras, mas naquela época apenas ela povoava todo o meu mundo. Desde sua partida, contava as horas da noite e do dia até sua reaparição; apenas a esperava, regozijava-me com ela, saudava-a em pensamento e acariciava-a com os olhos; pensava nela, sonhava com ela em momentos de sono doentio.

Antes, tendo arrefecido do fervor da juventude, não era nada sonhador. Mas agora a doença e a solidão tinham-me renascido. Arrancado de todos os bens essenciais, fiz meu próprio conforto nos sonhos; consolava-me na pobreza do meu cotidiano com a riqueza e diversidade das minhas fantasias e, por isso, apaixonei-me pelo mistério que cercava a desconhecida, como um campo onde os meus sonhos se desenrolavam livres.

Nesse estado ansioso e ao mesmo tempo doce passei mais de dez dias; minhas forças se recuperavam, mas o médico ainda não me permitia sair da cama. Um dia o sol da primavera brilhou em plena glória; recebi notícias da Rússia: as coisas estavam tão fáceis para mim, tão boas, como há muito não acontecia. Na hora de costume ela apareceu: um vestido azul esvoaçava ao longe, o véu caiu sobre seus ombros e seu rosto estava inteiro à vista. O desejo irresistível de espiar as suas feições atraiu-me para a janela: levantei-me cambaleando e, apoiando-me nos móveis, fui até a parede oposta e ali, encostando a cabeça nas vidraças frias, com a respiração suspensa, aguardei sua aproximação. Ela veio: vi uma jovem de aparência doce, mas comum, com uma fisionomia que teria atravessado uma multidão sem que ninguém notasse. No primeiro momento, quando meu olhar ávido pousou em seu rosto, quase me decepcionei, mas num segundo olhar, ela me pareceu mais atraente. Eu a segui com a mente e os olhos, e cada vez que a desconhecida se voltava em minha direção, descobria nela novas delícias, um arrepio febril percorreu meu corpo, minha mão petrificou-se sobre a cabeça dourada do prego que sustentava a cortina, meus joelhos dobraram-se, mais de uma vez até a luz desvaneceu em meus olhos, e não consegui me afastar da janela: fiquei como um prisioneiro, acorrentado às barras de uma masmorra pelo espetáculo de um sol magnífico que há muito não via, permaneci em pé e não tirei os olhos dela. Depois de uma hora, considerava-a quase uma beldade: minha imaginação criou nela uma beleza invisível aos olhos dos indiferentes, uma beleza que apenas um sabe ver e criar, enquanto outras pessoas, ao passarem em sua frente, não lhe dão atenção ou dizem: "É, até que é bela!".

Finalmente ela desapareceu; então, eu também caminhei para minha cama e, enfraquecido, mal respirando, mas ainda cheio de fascínio, atirei-me ao travesseiro. Naquela noite, os retratos das beldades já não ganharam vida em meus sonhos, sílfides não pairavam no ar, meus pensamentos e até meus sentimentos encheram-se de mais substância, mais certeza. Eu a vi, vi suas feições; parecia ter espreitado sua alma; agora eu a conhecia, estava familiarizado com a desconhecida. Mas, depois de um desejo satisfeito, centenas de outros enraizaram-se em mim: ser notado por ela, falar com ela, dizer... o que dizer? E mais uma vez a minha cabeça girava, e mais uma vez as minhas ideias confundiam-se, enturvadas.

Na manhã seguinte, acordei tarde, o sol já brilhava, a natureza parecia celebrar a chegada da primavera: eu estava sentado em minha cama e, enquanto Christian limpava o quarto, olhei pensativo pela janela e com a imaginação desenhei sua figura nas correntes de ar, quando, de súbito, a original se apresentou a mim. Uma exclamação explodiu involuntária de meu peito, e, no mesmo instante, senti-me aborrecido comigo mesmo, porque chamava a atenção do criado para ela: eu queria escondê-la dele, de todos, torná-la invisível para que eu pudesse me apropriar dela sozinho, mas era tarde demais! Christian olhou pela janela, soltou um prolongado "oh" e, pegando novamente a vassoura com que varria a poeira, disse com ar de autossatisfação:

— Nada! Não tenha medo! Esta é a nossa *Frau Generalin*[12].

— Qual *Frau Generalin*? – Perguntei com grande indignação e, após minha pergunta, tive que ouvir uma longa história sobre como o barão casou sua filha com um nobre russo que servia na embaixada, como ela foi para sua pátria e morreu,

---

12 Mantido do original em alemão, significa "senhora esposa general".

e como então sua filha, a neta do barão, casada com algum general, cujo sobrenome ele não sabia pronunciar, veio com ele para a Alemanha e estava morando no castelo havia duas semanas, visitando seu avô. Devo dizer-lhe? Escutei com tristeza todos esses detalhes: eles cortavam impiedosamente as flores de mistério com que minha imaginação havia decorado a desconhecida!

Eu havia dado margem aos sonhos, rédea solta à fantasia; o velho cristão, sem o saber, dissipou-os, e no lugar das fantasias e visões cativantes, no lugar de toda a poesia que adoçava minha alma, colocou a fria e pesada *"Frau Generalin"*. De pronto imaginei as esposas de muitos conhecidos do meu regimento e comandantes de brigada, de chapéus, de perucas compradas, dançando *matradura*[13] com oficiais, subordinados de seus maridos, de acordo com a ordem, e senti raiva do inocente cristão. Ele decepcionou-me tanto que o ordenei a cobrir a janela com uma cortina antes da hora, e permaneci deitado de frente para a parede até o anoitecer, sem me levantar dos travesseiros. Um dia depois, até o clima, favorecendo-me, tornou-se nebuloso: caía uma chuva torrencial e eu, privado de meus sonhos, de novo com a mente ociosa e o coração vazio, caí em meu antigo tédio.

Enquanto isso, minha saúde fortaleceu-se visivelmente; levantei-me, caminhei pelo cômodo e, apesar de todas as objeções do médico, falei em partir para a Rússia.

---

13 Antiga dança de salão.

À noite, o barão veio a mim com um rosto alegre e, esfregando as mãos, disse:

— Bem, meu caro prisioneiro, – ele me chamou em tom de brincadeira, – você não gostaria de deixar sua jaula por duas horas?... O doutor permite, vamos; apenas faça a toalete: você vai conhecer uma dama... Estou preparando uma bela surpresa para você.

Meu coração batia violento; pedi que me dispensasse da surpresa, mas o velho teimoso insistiu para que eu o seguisse e obedeci com relutância, prevendo que era um encontro com *Frau Generalin*.

Não me enganei. Entramos na sala de estar e eu a vi... ela estava de pé ao lado do piano conversando com o médico. Fui apresentado; respondi à sua saudação com uma única reverência, desejando sem êxito me recuperar do embaraço que se apossara de mim, perdia a fala, calava-me ou respondia de forma inadequada. Tive medo de olhá-la no rosto, parecia que ela me reconheceria pelos olhos como o espião de seus passeios; mas finalmente o barão, tendo pena de mim, disse à neta:

— Bem, Zenaida, divirta nosso prisioneiro, eu prometi a ele uma surpresa...

Ela se sentou ao piano, tocou um prelúdio familiar para mim e cantou uma das canções melancólicas de nossa pátria. Há muito tempo eu não ouvia uma palavra russa, ou o som de uma voz russa; um ardor saltava em mim. O barão, com seus brasões e castelo, a desconhecida e *Frau Generalin* – tudo desapareceu de minha memória... lancei-me para o piano, deleitei-me avidamente com os tons lânguidos de nossa melodia nativa... Zenaida leu o êxtase em meus olhos, em minha respiração abrupta. Ela compreendia o que se passava em minha alma e, quer simpatizando comigo, quer por simples condescendência, por muito tempo não destruiu meu encanto. Canção após canção, apenas às vezes intercaladas por variações que, como ecos de montanha, reverberavam as mesmas melodias. Por fim, ela cantou uma canção conhecida e amada por todos da época: *Entre as planícies*. Havia tantas semelhanças entre ela e a minha situação, meus sentimentos, que cada palavra sua atordoava uma por uma as fibras do meu coração. Por fim, imbuída dessa poesia simples, mas profundamente tocante, ela cantou estas palavras com indescritível sentimentalidade:

> *Peguem de volta todo o ouro, todas as honras,*
> *Devolvam-me minha pátria, minha amada e seu olhar*

O sangue fluiu para o meu peito, até as lágrimas despontaram de meus olhos. Constrangido, agitado, esquecendo todo o decoro do mundo, saí às pressas da sala e corri para o meu quarto... O barão e o médico me seguiram, tentando descobrir o que havia acontecido comigo. Quando lhes expliquei o motivo da minha agitação, o bom barão tomou-me pela mão e, apertando-a amigavelmente, disse:

— Bem, é muito compreensível. Isso é *Heimwehe*, saudades da terra natal.

E o médico, ao conferir meu pulso, mandou que eu fosse para a cama de imediato.

Desde então, eu via Zenaida todos os dias. Logo *Frau Generalin* e todas as visões fantásticas foram apagadas por inteiro da minha memória: reconheci nela uma mulher da alma mais brilhante, mais bela, de inteligência elevada, rica em conhecimento, com um coração puro, inocente, sensível, facilmente inflamado por tudo o que é nobre, grande e virtuoso; em suma, reconheci uma dessas raras criaturas que, apenas com sua aproximação, espalham paz e felicidade ao seu redor.

O mês passou despercebido; eu me recuperei por inteiro de minha doença, mas já tinha deixado de pensar em partir para a Rússia. O amável barão se apegou a mim e regozijou-se por eu não estar mais entediado em seu castelo; o médico prometeu fornecer-me todos os atestados possíveis da permanência da minha doença: fiquei. Dia após dia se passavam; eu não os contava mais. Na presença de Zenaida, o tempo se fundiu para mim de forma milagrosa num único prazer completo e elevado. Não dividi o dia em horas, não pensei, não vivi; apenas senti, senti de forma inconsciente e indeliberada, como se todas as minhas forças, vitais e mentais, tivessem se fundido, transformado-se em uma só sensação, e essa sensação fosse experimentada como um só prazer.

A primavera desabrochou em toda a sua glória; tudo estava verde e florido. Ah, quantas horas inesquecíveis passei ao lado de Zenaida! Sempre e em todos os lugares com ela, na sala em sua escrivaninha, no salão junto ao piano, no jardim sob a copa de árvores perfumadas... Quantas vezes, correndo pelos arredores do castelo, subimos montanhas, descemos por desfiladeiros, e quando ela parava, esquecida, admirando a natureza, eu admirava somente ela!... Nas nossas longas conversas, Zenaida raramente mencionava o marido e nunca falava de si mesma: eu não sabia nada sobre sua infância, parentes, casamento, sobre seu destino, mas adivinhei que ela não era uma pessoa feliz. Em sua visão da vida, em todos os seus julgamentos, havia uma profunda e constante tristeza, que lançava uma sombra lúgubre sobre todos os objetos ao redor.

Em seus discursos, não havia aquela amargura que tantos, em um ataque de misantropia, derramam sobre tudo e todos: ela não repreendia nem o mundo nem as pessoas, olhava com clemência para suas fraquezas, às vezes era até alegre, por instantes, adorava rir, mas eram apenas vislumbres ocasionais da natureza alegre, suprimida e quase morta por aquilo que o destino e as circunstâncias criaram para ela. De quando em quando surgia algo doloroso em seu riso; e, mais de uma vez, enquanto os lábios sorriam, os olhos conservavam o toque habitual de melancolia...

Sim! Compreendi que a felicidade não era o destino daquela que era a mais digna de ser feliz. Compreendi não pelas suas palavras, nem pelas inferências da razão, mas pelo entendimento interior de que a sua alma brilhante, exausta pela luta contra o Destino, consumida no fogo sagrado do sofrimento, não podia contentar-se com aquele estado grosseiro e vulgar a que o mundo tinha concordado em chamar felicidade. Terna e profundamente impressionável, ela exigia um pouco de alegria para se imbuir, mas requeria uma alegria tão pura e elevada como ela mesma. Isso é o que nem o mundo nem as pessoas lhe poderiam conceder!

E meu primeiro sentimento por Zenaida, a primeira sensação clara e definida, expressa na ansiedade de meus sentimentos de então, foi compaixão.

Raramente estávamos sozinhos: o barão, o médico ou o velho clérigo nos acompanhavam nas caminhadas e estavam presentes em nossas conversas; no entanto, não procurei oportunidades para ficar a sós com ela: o que poderia dizer-lhe? Que segredo contar?... Eu me encontrava naquela época feliz em que a razão ainda não ousa exigir relatórios do coração sobre todos os seus movimentos, quando um sentimento nasce, cresce e amadurece antes que a mente possa vê-lo; e, embora eu já amasse, amasse de forma ardente e apaixonada, ainda não havia chegado o momento da consciência interior, não dissera a mim mesmo: "Eu amo esta mulher!" Portanto, fiquei bastante contente com sua presença, sua atenção; nas conversas com ela eu ouvia, por vezes contestava, mais fui com frequência conquistado por suas opiniões... Além disso, pela primeira vez eu amava sublime e verdadeiramente, com todas as forças de um ser renovado: por consequência, minha paixão era alheia aos cálculos.

Ela não atendia às expectativas das teorias do amor, não abrigou nenhuma esperança, não esperou por um momento de explicação; não, ela se escondia de si mesma, temia trair-se e, como os antigos magos, adorava cercar seu ídolo e suas reverências de solene mistério.

Mas o tempo voou: passado o primeiro minuto de embriaguez, aproximava-se a segunda era do amor, a era do meu renascimento. Das conversas frequentes com Zenaida, dissipou-se o nevoeiro que até então pairava sobre a minha mente; minhas ideias tornaram-se claras sob a influência de sua alma pura, jovem, calorosa e forte; recebi minha visão como um cego de nascença quando o médico lhe arranca o hímen dos olhos; aos poucos, um mundo novo e inesperado se abriu diante de mim – um mundo não de invenções, nem de fantasias, mas de belas verdades, paixões sublimes, um mundo de graça, poesia, tudo o que enobrece e alegra a alma humana...

Com que admiração penetrei nos seus mistérios! Com que orgulho ergui-me da insignificância que me oprimia e, finalmente, como que recriado, olhei para o mundo de Deus!... Tudo então se transformou em mim e ao meu redor. Pela primeira vez senti em mim mesmo um pensamento virtuoso e ativo, a força de vontade, o senso de graça, e em deleite caí em pó diante do poder do Onipotente, compreendendo a maravilhosa perfeição da criação, o mistério de nossa existência, o elevado destino do ser humano. Tornei-me uma pessoa melhor, mais sublime, mais gentil para com as pessoas, mais satisfeita consigo mesma...

A cada respiração eu absorvia mais vida para mim, era animado por uma nova simpatia por tudo ao meu redor, e essa simpatia, comunicando-se com toda a natureza, evocava seu eco. Tudo o que respirava e que não respirava recebia minhas saudações, tudo respondia em uma linguagem que me era compreensível... Parecia que minha alma, recém-nascida, iluminava o mundo inteiro com os raios de sua beleza, e ele, aquecido por seu calor, como uma estátua do deus Mêmnon[14], respondeu com harmonia celestial ao primeiro raio.

Antes, eu não sabia quão gratificante era o justo orgulho da autoconsciência e, apesar de meu amor-próprio e total autonomia, dependia servilmente da opinião das pessoas; mais de uma vez agi contra minha própria convicção em competição lamentável com companheiros em uma filosofia abominável, distorcida ou, melhor dizendo, recriada nos acampamentos por cavaleiros arrojados e grunhidos. Antes, eu não tinha sequer suspeitado das consolações que o Senhor nos dava em nosso eu interior, que não dorme, não naquela vã indulgência das paixões humanas, a incansável glorificadora de nossos feitos aventurados e inéditos, que, em eterna discórdia com a consciência, vive na língua e nas trombetas como fábulas para os ouvidos de todos, divertindo apenas a si mesma, mas sendo um Argos e um juiz severo que não se submete nem às leis do mundo nem aos ditames do destino, um inflexível guardião incorruptível do grão celestial,

---

14   Mêmnon, na mitologia grega, era um rei etíope e filho de Titono e Eos. Ajudou Príamo, rei troiano, a combater os gregos durante a Guerra de Troia.

o imponente dom de Deus na nossa entrada na vida, que, sobrevivendo em espinhos e escapando de aves de rapina, amadurece no peito de uma pessoa para sustentá-la na opressão, para alegria e paz nas mais amargas tribulações.

Ocasionalmente, nos primeiros tempos de minha juventude, ao olhar para a grandeza harmoniosa da natureza ou ao simpatizar com as obras de grandes poetas, sentia dentro de mim uma inquietação secreta, um anseio por algo que me fosse próximo. Veio-me o desejo de me livrar da opressão da vida cotidiana e buscar refúgio em esferas menos sujeitas a cálculos, buscar, em meios livres de tirania, moda e decoro, de seus legisladores tolos, da precisão servil de seus sábios executores; mas era um desejo sombrio e fugaz, semelhante àquele sentimento inconsequente que experimentei na Suíça, quando, deambulando pelas montanhas, cansado e solitário, por acidente debrucei-me do alto sobre o abismo e, envolto pelo silêncio sepulcral e pela escuridão das profundezas abissais, inexploradas desde o nascimento do universo, senti o impulso de precipitar-me em suas entranhas, com um maravilhoso desvanecimento no peito, com um tremor, como se prenunciando felicidade. Esse desejo, apenas tremeluzindo em uma ideia sem forma e sem força para a execução, dispersou-se em seu próprio nascimento; um segundo pensamento atraiu-me de volta ao turbilhão, tão perigoso quanto, mas não tão perceptível, de vida e luz.

Depois, até mesmo esses impulsos desvaneceram em minha alma; o senso de beleza esfriou-se nela com os confrontos incessantes com pessoas surdo-cegas para tudo o que é sublime e delicado; meus nobres conceitos foram entorpecidos, minhas ideias, estreitadas e, por fim, por completo limitadas ao estreito círculo da vida bivaque.

Agora, na presença de Zenaida, ressuscitavam em mim os sentimentos que haviam sido assassinados pela sociedade, a energia da vontade ganhou vida; o pensamento que estava adormecido por tanto tempo sob o peso da vida cotidiana miserável acordou, ferveu com novas forças, mas eu já não corria para o futuro, eu não estava definhando com uma curiosidade apaixonada e inquieta, cujos objetivos nós mesmos não podemos interpretar; sob ela, o desejo do inatingível diminuiu em mim, não havia lugar para melancolia e impulsos, encontrei tudo, compreendi tudo, descansei, deleitei-me no presente, o presente preencheu cada minuto de minha existência, cada partícula de meu ser com prazeres espirituais.

E, no entanto, a paixão que engolira minha memória, minha razão, que a abraçara com um poder incompreensível para mim, ainda espreitava em meu interior como um estranho estupor. Por Zenaida, esqueci-me de amigos, parentes, deveres, esqueci-me de mim mesmo, vi e lembrei-me apenas dela, em todos os lugares, sempre ela sozinha, mas como uma criança que, tendo coçado o rosto, franze os olhos, passa correndo pelo espelho para não ver suas úlceras e sangue, eu também tinha medo de olhar para minha alma, evitava todas as reflexões, todos os cálculos comigo mesmo, parecia temer intensificar minha paixão com sua consciência, prevendo que seu despertar seria terrível...

Em pouco tempo, o acaso derrubou todas as minhas precauções.

O general N***, marido de Zenaida, veio passar alguns dias no castelo. Entrou de repente na sala de visitas, abraçou sua esposa com a mesma alegria e indiferença com que apertara a mão de seu avô, fez uma reverência para mim e para o médico: foi o beijo mais frio, mais conjugal; no entanto, ele ecoou em meu peito como um golpe de adaga. Estremeci, meus sentidos despertaram; em um instante, o amor por ela e o ódio por seu marido queimaram em meu coração e se derramaram como lava ardente por todas as minhas veias. Fiquei imóvel, como se estivesse preso a um lugar, não ousei olhar ao redor, e o meu rosto deve ter expressado a minha miséria interior, pois o médico aproximou-se de mim e disse:

— Que há com o senhor?

Passei a noite toda taciturno, sentado num canto entre duas colunas, sem tomar parte nas conversas, mal ouvindo o que diziam. Só que todas as vezes que o general se aproximava de sua esposa e, sem interromper o debate político com o barão, alisava seus cachos, punha a mão em seu ombro, acariciava-a com uma daquelas carícias que são igualmente dadas a um cachorro Spitz, a um gato ou a uma linda criança, em cada uma dessas vezes que conto, meu peito convulsionava desenfreado, e eu sentia um suor frio brotando em minha testa.

Depois do jantar, quando todos começaram a se dispersar, pareceu-me que o general seguia a esposa até seu quarto... houve um minuto – um minuto terrível – em que quase me degradei ao papel de espião, para verificar minha suposição; eu estava com febre, inconsciente.

Meu bom gênio, contudo, dissuadiu-me do ato insano. E, esquecendo-me de mim mesmo, corri para o meu quarto. Ali, pela primeira vez, vi com clareza a posição dela e a minha, as nossas responsabilidades mútuas, a futilidade do meu amor, a impossibilidade de um único momento de completa felicidade e, ao mesmo tempo, a felicidade de quem a possui de acordo com todos os direitos e leis, que se atreve a caminhar com ela de mãos dadas à luz do dia, orgulhoso de seu amor e de sua felicidade, que pode repetir a todo minuto de sua vida: "Ela é minha!".

Antes, quando Zenaida apareceu-me rodeada por uma espécie de fulgor transcendental, quando eu a considerava tão superior a tudo o que é terreno que nem mesmo o pensamento de possuí-la por um minuto atrevia-se a surgir em minha mente, contentava-me com minha adoração secreta, eu estava feliz, beijando suas pegadas no pensamento... Agora atrevia-me a ver nela uma mulher igual a mim, criada do mesmo pó que eu, criada, talvez, para mim e atirada aos braços de outro apenas por capricho de um destino ignorante. Ao meu antigo amor respeitoso por ela misturavam-se pensamentos tempestuosos de prazeres terrenos, vi-a nos braços de seu marido obsoleto, que há muito havia desperdiçado sua vida, vi suas carícias forçadas, pelas quais daria mil vidas, suportaria os tormentos mais severos – vi, senti e, desesperado com minha impotência, em um ataque frenético de ciúme e indignação, atormentei meu peito, com lágrimas ardentes caí na cabeceira da cama para pelo menos abafar os soluços altos e mais de uma vez, beijando febril o travesseiro molhado de lágrimas, murmurei: "Zenaida! Zenaida!".

Pela manhã, um sonho perturbador cobriu meus olhos; adormeci nas poltronas sem me despir e acordei antes de todos. O sol mal havia nascido; uma brisa fresca soprou sobre mim através da janela aberta; e a minha mente superou a confusão da noite e acalmou a minha alma ansiosa. Escrevi ao barão que, antes de partir para a Rússia, precisava visitar uma cidade vizinha. Desculpei minha partida repentina com notícias que havia recebido no dia anterior, prometi voltar em breve e, entregando a carta ao criado, atirei-me em meu cavalo e galopei para S***.

Não descreverei como passei os três dias de minha insuportável separação de Zenaida: viver em um castelo como uma triste testemunha da felicidade de outro teria sido cem vezes mais doloroso para mim. Durante todo o tempo de meu exílio autoimposto, sentei-me trancado em uma taverna e perguntei dez vezes por dia se um general russo havia regressado. No quarto dia, fui agraciado com uma resposta afirmativa e regressei ao castelo, mas não voltei como antes. Meu amor brilhante tinha-se desvanecido no turbilhão da paixão, como o raio de uma estrela se desvanece ao brilho de um fogo intrépido. A felicidade, com a qual me contentava recentemente com tanto prazer, não me satisfazia mais, meus sentimentos ultrapassavam os limites da obediência, planos imprudentes, desejos não realizados aninhavam-se em minha alma; ora eu tinha medo de ofender Zenaida com um olhar, ora tentava exigir dela uma conta pela destruição de meu pacífico estado anterior; senti pena dela, senti pena de mim mesmo, percebi cada passo seu, li suspeita em todos os rostos; em uma palavra, meus dias e minhas noites transcorreram na luta mais feroz: tudo o que era fonte de felicidade para mim transformara-se em veneno, em tortura.

Por vezes, Zenaida questionava-me com carinho sobre minha saúde, perguntava se eu havia recebido alguma notícia desagradável da Rússia. Sua preocupação e sua simpatia silenciosa me levaram às lágrimas, mas eu não queria enganá-la, respondi negativamente, com vergonha. Mais de uma vez ela me lançou um olhar profundo e perscrutador que fazia com que ondas de calor e tremor percorressem meu corpo; então começava a falar às pressas sobre assuntos insignificantes ou saía da sala sob algum pretexto.

Certa vez, antes do anoitecer, estávamos sentados sob uma janela que dava para o jardim; Zenaida estava ocupada com seu bordado; eu olhava em silêncio para a senda em que ela me aparecera pela primeira vez, e sentia-me triste, pesado, como se um rochedo tivesse desabado em meu peito. Finalmente, Zenaida perguntou-me em voz baixa em que eu estava pensando, e eu, apanhado em meus devaneios, sem pensar nas consequências de tal imprudência, contei-lhe em detalhes como a vi pela primeira vez das janelas de minha masmorra, que impressão ela me causara, com que angústia então aguardei no crepúsculo, esperei sua aproximação, com que alegria a saudei de longe. Meu coração estava tão cheio que tive que derramar pelo menos uma pequena parte daquilo que devorava minha existência.

Cativado por doces lembranças, não deixei de lado um único sentimento, nenhum detalhe até a fatídica noite em que o barão me trouxe a felicidade de conhecê-la. Zenaida baixou o bordado nos joelhos e escutou-me sem interrupção, em profunda reflexão. Calei-me, a palavra "amo" nunca escapou de meus lábios, mas sem consciência de mim, tendo quebrado todas as intenções, revelei a ela o segredo, guardado por tanto tempo e com tanto cuidado no fundo do meu coração... Então ela, por sua vez, ela levantou-se em uma forte agitação; seu rosto estava pálido, mas seus olhos brilhavam; dando alguns passos ao longo da sala, ela foi até a porta e encontrou-se com o barão. O velho carregava um pacote enorme nas mãos. "Recebi agora dos correios", disse ele, sorrindo e, quebrando o lacre, derramou sobre a mesa um monte de revistas, jornais e cartas, inclusive várias endereçadas a mim. Enquanto eu as lia, afastando-se, o barão também retomou a análise das notícias recebidas e, de repente, virando-se para mim, disse:

– Bem, caro prisioneiro, parece que devo devolver-te sua liberdade; aqui está uma carta do seu comandante: repreendendo-te e a mim mesmo. Pegue, leia você mesmo.

As cartas que me foram enviadas insistiam no meu regresso à Rússia, ameaçando mesmo minha expulsão do serviço. Olhei para Zenaida: ela estava novamente sentada perto da janela, segurando uma revista na frente do rosto.

Minha cabeça girava; eu corri para fora do cômodo.

Meia hora depois, voltando para a sala, encontrei Zenaida ainda no mesmo lugar, apenas a revista e o bordado haviam sido descartados; ela estava sentada com os cotovelos apoiados na janela e a cabeça entre as mãos. Eu me aproximei; ao ouvir o som dos passos, ela estremeceu, olhou para mim e voltou-se de novo para a janela.

— Você tem de ir para a Rússia? - Perguntou ela, após um momento de silêncio em uma voz baixa e, pareceu-me, temerosa.

— Sim! - respondi, sem sentir em mim nem o desejo nem a força de cumprir o que afirmava com esta palavra.

— Vá embora, vá embora! –, disse ela rapidamente. – Corra de volta para nossa querida pátria... Amigos e parentes estão esperando por você lá... Você ainda é tão jovem! Todo o mundo de Deus está diante de ti... Vá embora e seja feliz!...

Eu não podia ver seu rosto, voltado para o jardim e escondido de mim pelas ondas de seus cachos, mas ouvi como sua voz explodiu abrupta de seu peito, senti-a tremer, e, pela primeira vez, o pensamento de reciprocidade atravessou minha alma como um raio de alegria.

— A felicidade é um jogo de azar! - respondi apressado. – O acaso me tirou a terra em que eu vivia e me contentava, rastejando na miséria, mas, tendo me mostrado o céu, não me encorajou, e o céu permanecerá para sempre inacessível para mim. Onde, em que lugar devo buscar a felicidade?

Zenaida balançou a cabeça e, depois de um minuto ou dois, disse baixinho, como se pensasse em voz alta:

— Felicidade é apenas uma palavra, um som sem sentido e sem valor. Uma pessoa que é facilmente seduzida pelo tilintar de um sino vazio pode persegui-la; mas para quem pensa e sente em sua vida, acredite, a felicidade é impossível.

— Não, não! – exclamei com fervor, ainda encantado pelo recente lampejo de esperança. – Não calunie a Providência, não prive uma pessoa de seu melhor e mais doce conforto, a fé na felicidade! É possível se não tivermos medo dos fantasmas com os quais a sociedade nos cerca, invejando cada migalha de alegria que lhe é inacessível. É possível se, sem tentar o destino com preocupações sobre o futuro, contentarmo-nos com a felicidade momentânea, mas incomparável do presente... Ah! Que felicidade seria possível para nós... para mim..., mas só aqui, agora ou nunca! A inscrição do inferno de Dante ameaça o meu futuro: *Lasciate ogni speranza vol ch'entrate*[15].

Parei, temendo ter falado demais; e ainda assim havia tanto a dizer! Minha existência primitiva e vegetativa, a felicidade em conhecê-la, meus sonhos, lutas, sofrimentos e o primeiro raio de esperança que me brilhou na escuridão do desespero –

---

15 "A todo aquele que aqui penetra, abandone toda a esperança" (tradução nossa).

todos juntos ganharam vida em minha memória, correram para meu peito, enfureceram-se nele, clamando pela liberdade... Eu esperava por um olhar, um aceno de mão, para derramar tudo, tudo diante dela, e depois soluçando a seus pés para implorar por perdão, para merecê-lo em troca de anos de separação... Mas ela permaneceu em silêncio; nem um suspiro, nem o menor dos movimentos denunciou seus sentimentos.

Fiquei diante dela tremendo, dilacerado por mil sensações agonizantes; olhava-a como um criminoso que, na angústia da incerteza, espera dos lábios do juiz um perdão ou uma execução vergonhosa; mas ela estava calada e sentada imóvel, o rosto virado para a janela... Mais um momento, e eu não teria suportado minha tortura, meu coração teria rebentado em soluços, em apelos... Mas Zenaida, inclinando-se para as flores no vidro à sua frente, começou a inalar seu perfume e parecia ter esquecido minha presença. Fiquei pasmo.

Eu tinha medo de sua raiva, de suas censuras; congelei na esperança de sua reciprocidade... Entretanto, essa calma, essa indiferença mortal não encontrou lugar nas minhas expectativas! Espantado, quase ofendido, eu estava prestes a explodir em recriminações e ironia amarga. Zenaida abaixou ainda mais a cabeça e uma graúda lágrima, rolando sobre uma haste de lírio do vale, pendeu do cálice branco da flor. Num instante minha indignação se desvaneceu: aquela lágrima secreta e involuntária derramou orvalho vivificante em meu coração, revelou-me a alma de Zenaida, e eu a compreendi sem qualquer explicação, com simpatia, como uma criança compreende as lágrimas de sua mãe, antes que os seus débeis conceitos se familiarizem com as palavras de tristeza e alegria.

— Perdoe-me! Perdoe-me! – exclamei, beijando com ardor a sua mão. – Eu a insultei, perdoe me!

Ela se levantou rapidamente de sua cadeira, fixou em mim os olhos cheios de lágrimas e, como se quisesse derramar toda a sua alma em uma fala, logo disse em voz baixa, mas forte:

– Não, Vlodínski, não, você não me insultou. Mas, pelo amor de Deus, para sua paz e a minha, vá logo embora! Não devemos nos ver de novo... Esqueça este momento, esqueça tudo o que ele lhe prometeu, como se esquece as fantasias de sonhos não realizados. Não se desespere pelo futuro: com sua idade, em lugar de uma esperança assassinada, dez outras mais belas esperanças renascerão... Em sua alma há uma nobre aspiração por tudo o que é elevado, há muita energia, muitas habilidades: você pode ser útil à humanidade; não abandone inativos tantos dons maravilhosos do céu!... E eu lhe peço mais uma coisa: na Rússia, não procure um segundo encontro comigo; jamais mencione meu nome; se possível, apague-me da sua memória... Prometa-me! Dê-me sua palavra para cumprir meu primeiro e meu último pedido a você!...

Permaneci a sua frente destruído e não me atrevi a tocar a mão estendida para mim.

— Você não quer? Recusas meu pedido? – perguntou ela, com uma voz que soava a lágrimas.

— Não exija de mim o que excede as forças humanas –, respondi –, dou a minha palavra de que não procurarei um encontro contigo, e isso é tudo o que posso prometer e cumprir.

— Obrigada, obrigada!... O tempo fará o resto... Adeus!

Ela apertou minha mão e desapareceu em um cômodo ao lado.

Eu não a encontrei mais.

Retornei à Rússia; minha vida fluiu na ordem usual: a arena, os treinos, as revisões, os colegas, como antes, cercavam-me; cinco meses passados no castelo do Barão Gorkh pareceram-me uma espécie de resquício mágico da minha existência, um sonho enfeitiçado, do qual restavam apenas lembranças melancólicas e desgosto pelo mundo, no qual não encontrei nada parecido.

Minha situação pesava muito sobre mim: ou evitava as pessoas, ou me voluntariava a participar das sociedades mais desordeiras, envolvia-me em todas as orgias; mas nem a solidão nem o burburinho dos banquetes deram-me um momento sequer de esquecimento. A convivência de bons amigos atiçava minha dor: suas piadas enfureciam-me. Às vezes, tentado pela felicidade de alguns colegas, repreendia-me pelo passado, repreendia-me pelo papel de sofredor a suspirar, quando com mais coragem e perseverança – quem sabe? – não teria experimentado a mesma felicidade? Por que esperei algo do tempo, quando a vida ofereceu-me no presente um cálice cheio de alegria?

Em tais reflexões, amaldiçoava a mim mesmo, a Zenaida, ao mundo inteiro; mas, um minuto depois, envergonhava-me dos meus impulsos, reprimia em mim os murmúrios da paixão insana e dentro de minha mente pedia perdão a quem nunca mais me ouviria. Às vezes eu temia, mas, com mais frequência, desejava perder o juízo. Se a religião que tinha sido plantada em minha alma desde a infância e que amadureceu nas minhas conversas com Zenaida não me tivesse retido, não teria hesitado em privar-me da minha vida odiosa.

Um ano se passou; chegou o segundo inverno; o tempo tinha-me devolvido meu aparente poder sobre mim mesmo, mas a lembrança de Zenaida, as paixões que haviam destruído a minha existência, ainda viviam em mim com a mesma força que no primeiro minuto de separação dela. Os colegas, tendo esgotado todos os esforços para desvendar a causa de minha mudança, minha doença, como eles a chamavam, deixaram-me sozinho, declarando-me incurável. Desempenhei com fidelidade todas as funções do serviço, e passei o resto do tempo sozinho, trancado em meu alojamento, cercado de livros e estudos. Era-me doce o pensamento de que um dia pelo menos uma notícia sobre mim tocaria os ouvidos de Zenaida e ela saberia como o encontro não fora em vão, que frutos saíram das sementes que ela plantara.

A essa altura, estávamos nos confins de Lituânia; e eu, em parte para visitar minha irmã, em parte para meu próprio divertimento, tirei uma licença de um ano e no caminho visitei os parentes de minha mãe, que formavam uma colônia inteira em torno de uma pequena cidade na província de ***skaya. Tias, tios e primos receberam-me de braços abertos e, como se aproximava a época do Natal, obrigaram-me a prometer ficar com eles até o Ano Novo. Fui levado de aldeia em aldeia, de um parente a outro; fizeram-me festas, almoços e serões. Acima de tudo, gostava de mim a tia da minha mãe que tinha sete filhas, das quais todas já estavam em idade de noivar, mas nenhuma delas se casara. Toda a família dessas virgens vestais[16] apegou-se a mim com laços duplos de parentesco e terno afeto; fui forçado a ouvir suas confidências, suas esperanças secretas e fofocas sobre os proprietários de terras vizinhas. Por volta do Natal, um dos bailes da aldeia foi animado pela chegada de vários jovens oficiais. Sem participar dos bailes, como de costume, fui parceiro da minha tia nos jogos de *boston*[17]. Antes do jantar, uma multidão de damas e cavalheiros entrou na sala de jogos, e minha tia perguntou a um dos oficiais:

— Como é, paizinho, sua Zenaida Petrovna virá nos visitar em breve?

— Que Zenaida Petrovna? - exclamei, interrompendo a resposta do oficial.

— A esposa do general N***, chefe de sua divisão, – respondeu a tia, com tranquilidade, apontando com os olhos para os oficiais.

---

16 Referência à sacerdotisa de Vesta, deusa romana do lar e da família. Significa também donzela; mulher de grande beleza e de castidade exemplar.

17 Jogo de baralho muito popular na época.

— Onde ela está? Para onde vai e por que eles estão esperando por ela? – Voltei a perguntar, esquecendo o jogo e as boas maneiras da sociedade.

— Ela foi visitar o pai e vai voltar para o marido. Afinal, a sede da divisão fica na cidade, a cerca de sete verstas daqui. Mas você a conhece?

— Eu a vi... a conheci no exterior... – murmurei, desnorteado por completo, confuso em meio ao jogo, e felicitei-me quando o anfitrião convocou os convidados para jantar.

No caminho de volta, sentado e encolhido em um canto da enorme carruagem, que continha toda a família de minha tia, fui novamente despertado de meu devaneio pelo doce nome que me era familiar:

— A Zenaida Petrovna – disse uma de minhas primas – aparecerá mais vezes na sociedade neste inverno?

— Todos os anos ela inventa alguma moda – observou outra.

— É verdade! Talvez no inverno, como no verão, ela se ponha a cavalgar pelas montanhas e vales, sozinha com uma multidão de homens...

— Ou a vagar pela floresta com um livro na mão...

— Dormir nos bailes quando todos estão a dançar, ou falar sem parar, escondida num canto com algum escolhido...

— Considerar a todos nós espantalhos, sendo pedante, falando sobre os sábios gregos e a metafísica.

— Ou fazendo piadas que fazem até os homens ficarem de orelhas vermelhas!

Era assim que minhas primas chilreavam, e eu sentava-me e as escutava sem acreditar nos meus ouvidos.

— De quem vocês estão falando? – eu perguntei por fim, perplexo.

— Mas você disse que conhecia a esposa do general N*** – respondeu a tia – sobre quem mais se poderia falar estas coisas? Afinal, essas extravagâncias, graças ao Senhor, não são tão comuns na Rússia.

— Zenaida? – gritei. – Zenaida Petrovna N***? É a ela que a senhora atribui esses insultos e epítetos? Você a chama de filósofa, pedante, extravagante?... E você quer me garantir que conhece Zenaida, aquele anjo no corpo de uma mulher?

As janelas da carruagem tremeram com a explosão de gargalhadas de minhas primas.

— Anjo!... Zenaida, um anjo!... – gritaram sem cessar de rir. – Você está louco! Ensandecido! Está apaixonado!

— Sim, estou apaixonado por ela! – respondi aborrecido.

— Parabéns!

— Eu a adoro!

— Rá, rá, rá!

— Eu a admiro.

— Rá, rá, rá!

— Mas vocês não sabem, vocês não a conhecem! – repeti, tentando gritar por cima do coro.

— Como assim! – entoaram em uníssono. – Não conhecemos Zenaida?... Desde o casamento... desde a infância...

desde o berço!... Pai e mãe foram conhecidos como excêntricos a vida toda, e a filha até os superou...

E o trovão de novas zombarias, calúnias e riso voltou a me ensurdecer.

Felizmente, a carruagem parou em frente ao alpendre, saltei para fora e, como que enlouquecido, corri para o meu quarto. Passei a noite inteira numa agitação cruel, furioso com a inépcia das pessoas, com a maldade de minhas primas, com a sociedade inteira que, incapaz de compreender ou apreciar tal anjo, assobiava na lama e derramava veneno sobre seu nome. Naquela mesma noite, várias vezes tentei deixar a casa, na qual o próprio ar me parecia contaminado pela calúnia; mas ela estava ali, a sete milhas de distância, podia vê-la sem quebrar minha promessa a ela; afinal, eu não estava procurando o encontro que me foi proibido: o próprio destino nos confrontou... "Eu a verei!... Zenaida!" E recusei a partida súbita, achei-a indecente, ofensiva para os meus familiares; tentando enganar minha própria consciência, que insistia em me lembrar das últimas palavras de Zenaida. Fiquei e, no dia seguinte, desci para o café da manhã, munido de paciência e de orgulho desdenhoso em relação às calúnias humanas.

Mal tinha aparecido na sala de chá quando minhas familiares me cercaram com perguntas sobre onde e como havia conhecido Zenaida.

— Isso é muito interessante! – chilreavam elas. – Será que ela acrescenta a tantas virtudes a capacidade de mudar sua aparência, como uma cobra troca a pele?... Será que desempenhou o papel da sentimental Penélope no exterior?... Você realmente caiu em um engano tão grosseiro?

Mal pude conter minha indignação, respondi de forma abrupta, curta, interrompendo suas falas com perguntas sobre assuntos que não diziam respeito a Zenaida. Elas ficaram em silêncio, mas o tempo todo trocavam piscadelas com sorrisos irônicos.

Tendo terminado o café da manhã, minha tia tomou-me pela mão, levou-me para seu quarto e, depois de um longo prefácio sobre como ela amava minha mãe e que amizade ela nutria por mim, começou a falar sobre a situação perigosa dos jovens que se deixam encantar fácil demais por uma aparência enganadora; sobre a astúcia de algumas mulheres que, com tanta habilidade, armam redes para os jovens... Eu a ouvia sem prestar atenção, olhando pela janela como um bando de corvos perseguia uma pombinha assustada. A velha, percebendo minha indiferença às instruções maternais, levantou-se e disse com participação sincera:

— Eu tenho pena de você, muita pena! Se não quiser ouvir nossa verdade, você a experimentará: enxugará suas lágrimas com o punho, mas será tarde demais!

— Mas isso é impossível, tia, impossível!... Você está enganando a si mesma ou a mim... Repito, você não conhece Zenaida...

— Você não acredita em mim?... Dê ouvidos à sociedade!... Pergunte a quem quiser sobre ela, velhos e pequenos, homens e mulheres, civis e militares; todos lhe dirão uma coisa: ela é uma coquete, uma mulher de comportamento muito ambíguo, pomposa com sua mente, caprichosa, orgulhosa, obstinada...

— Basta, basta!... Você vai me levar à loucura!

— Pelo contrário, quero levar-te à razão. Conheço seu caráter: você é sonhador, propenso ao entusiasmo, e quando é seduzido pelo fantasma de algo sublime, puro, angelical, está pronto para sacrificar tudo àquilo, até mesmo fazer as maiores loucuras, sem entender se está sendo enganado ou não. Temo por você: esta mulher é mestra em virar a cabeça dos jovens com frases grandiloquentes sobre sua pureza, sua virtude, sua grandeza, com as quais ela apenas tenta encobrir suas fraquezas secretas...

— Ela não tem fraquezas, tia!

— Exceto uma que ela tinha por... por...

— Por quem? Diga!

— Bem, por exemplo por você!

Corei e minha tia reparou. Em vão assegurei-lhe que estava enganada, que Zenaida não me dera o direito de me considerar mais feliz do que os outros admiradores de sua bela alma, que nossa relação era a mais pura e alheia ao pensamento vicioso. A tia continuou com um escárnio:

— Eu conheço, meu amigo, mulheres desse tipo, eu conheço: não me fale delas em vão; já vi muitas delas em minha vida. Não suporto mulheres que fazem esforços deliberados para convencer a todas e a todos que são estranhas às fraquezas de seu sexo, porque só isso prova o contrário; que querem desfrutar suas paixões como os outros pecadores, e ao mesmo tempo serem conhecidas como desprovidas de pecado, fingem ser mulheres incompreensíveis, enquanto são apenas insossas, apresentam-se como *femmes superieures*, seres de classe elevada. Fingem ser super-humanos, criaturas da mais alta ordem, metem-se no fogo e depois querem provar ao mundo que não se queimaram. Na minha opinião, é melhor fugir do fogo e não se meter nestes truques perigosos, que são sempre perigosos, se não para a virtude, então para a reputação. Se é uma mulher pura, virtuosa e sem pecado, então ame, como tem sido o costume na santa Rússia desde tempos imemoriais, ame, senhora, um só marido e esteja apenas com ele, e não se meta com os jovens admiradores da virtude de uma mulher obscura; não se deixe cair em conversas doces com eles, não os faça de tolos, senhora, não gire suas cabeças por diversão, não os leve em seu êxtase para o mundo dos sonhos luxuosos, para os deixar entre o céu e a Terra, eternamente sedentos; não inflame a imaginação deles com os seus encantos espirituais por falta de encantos corporais: também isto é coqueteria, e ainda mais perigosa, mais imoral que a comum, que tenta confundir a tranquilidade do homem por vaidade com a isca da beleza exterior. Com a beleza <u>exterior</u> os homens se entendem rápido, mas com a beleza espiritual, em especial quando é falsa, como sempre acontece com estas damas que tentam brilhar com ela, não há fim para a angústia, o tormento, a dor. Este tipo de coqueteria é o meio mais seguro de matar um homem para sempre, de torná-lo incapaz de qualquer prazer legítimo, de o repugnar para as fontes acessíveis da verdadeira felicidade prática. O pobre amante dos tesouros invisíveis da alma exagera sempre na sua imaginação, inflama-se, cai em êxtase, fica insatisfeito com todas as outras mulheres e consigo mesmo: mas se lhe fosse permitido olhar bem para esses tesouros, pode acontecer que não valham nem um tostão. Mas esse é o poder: estas *femmes superieures* imaginárias mostram apenas as partículas mais brilhantes de sua parca riqueza espiritual, cobrindo com habilidade o principal vazio do tesouro com frases pomposas sobre a santidade dos deveres assumidos, sobre a injustiça do destino, sobre a malícia das pessoas. Acredite em mim, meu amigo, não há nada mais fácil para uma mulher casada, com um pouco de inteligência, do que brincar com os tesouros de sua alma e coração, apresentando-se como vítima do casamento, que agora desperta a compaixão, e nunca permitir, por um falso respeito pelos seus deveres, que os admiradores tocados comprovem essas riquezas interiores tão clara e corretamente como, por exemplo, é possível conferir os encantos exteriores de uma mulher. Este tipo de coquetaria é uma arma de mulheres que já não são bonitas ou que não foram presenteadas com o atributo da beleza, como a sua Zenaida Petrovna. Esta mulher está sempre se queixando de que não é compreendida: mas o que há para compreender? Uma mulher cheia de caprichos, ambiciosa, vaidosa, desejando de todas as formas parecer superior aos seus amigos, mesmo acima do seu sexo; uma mulher em uma luta desigual com suas paixões, que anseia por prazer e com habilidade derrama a taça desse prazer em um susto calculado assim que a bebida toca seus lábios, que por todos os meios atrai homens que diferem da multidão de qualquer maneira: inteligência, talento, fama, beleza, nobreza, até loucura, a fim de parecer extraordinária entre pessoas extraordinárias e fazer com que todos falem sobre ela. Ela os engana com sua grandeza reprimida, deslumbra-os com frases do último livro que leu, ilude-os com sentimentos inatingíveis, faz com que se encontrem em espaços transcendentais, inspira-lhes esperança, delicia-se com o espetáculo de seu estranho deleite, e quando o último homem se considera tão próximo do objeto dos suspiros de todos os homens – vejam! – ela já está partindo para as montanhas e vales com um novo livro e com um novo pretendente a entender mulheres incompreensíveis, que, em um mês, ela também deixará no frio, ordenando-lhe que nunca mencione seu nome e não a encontre...

Estremeci. A minha tia, sem reparar no meu movimento, continuou:

— Os precursores do enganado, claro, aceitam de braços abertos o novo camarada de dor em seu círculo, mas o segredo nem sempre permanece inviolável entre eles: um reclamará, outro zombará, um terceiro desejará vingar-se por si mesmo e pelos seus irmãos. Daí a má fama. Essa mulher faz tudo o que pode para ser comentada e depois se queixa de estar na boca das pessoas! Uma exigência estranha! Qualquer um tem o direito de dizer o que vê ou ouve, e cabe àqueles que dão razões para falar de si próprios, certificarem-se de que não há nada ambíguo em seus atos, nada que possa ser interpretado de forma negativa. Qual é a necessidade de o tribunal da sociedade investigar a pureza secreta, quando a aparência não é limpa? E se tais mulheres, pelo tribunal, são punidas acima dos seus crimes, então elas próprias são culpadas disso. Mas o tribunal da sociedade raramente está errado.

Durante este terrível monólogo de minha tia eloquente, um suor frio escorreu por meu rosto. Não pude deixar de sentir a justiça de muitos de seus sarcasmos: alguns deles, a julgar apenas pela aparência, surpreendentemente se aplicavam à desafortunada Zenaida. A dúvida invadiu meu coração por todos os lados. Eu permaneci em silêncio. Mas quando a minha tia começou a convocar o tribunal da sociedade para a ajudar em seus argumentos, para retirar as suas provas das opiniões imundas da multidão, a indignação tomou conta de mim. Não me contive.

— O tribunal da sociedade... tribunal da sociedade? - gritei com raiva. – O que a senhora chama de tribunal da sociedade?

— Mesmo que seja meu próprio tribunal – respondeu ela friamente. – Eu também faço parte da sociedade! Zenaida Petrovna não tem o direito de fugir ao meu supremo tribunal, tal como eu não evito o supremo tribunal de Zenaida Petrovna. O caso é decidido por uma maioria de votos. Quando cem, mil cidadãos como eu concordam comigo, então o veredicto, o nosso veredicto está correto e a culpada deve ser sujeita à sua força jurídica.

E talvez a minha opinião seja mais moderada e misericordiosa do que muitas outras opiniões. Baseio-me apenas no que eu mesma vi, mas há pessoas que afirmam ter visto muito mais...!

— Isso é calúnia!

— Eles fazem o certo. Por que Zenaida Petrovna dá motivo para calúnias?

— Dar motivo?... Ela?... Esse anjo de pureza?...

A tia deu de ombros e saiu do quarto.

Daquele dia em diante, o nome de Zenaida não deixou de ressoar em meus ouvidos: a notícia de meu amor por ela se espalhou por todo o distrito, e, em minha frente, só o nome dela se fazia presente em todas as bocas: estava enredado em todas as conversas, e todas as opiniões sobre ela estavam contaminadas pelos julgamentos de minhas parentes. Várias vezes encontrei na sociedade pessoas próximas a ela por parentesco, com quem ela cresceu e foi criada, mas mesmo elas não podiam ou não queriam trazer nada em sua defesa; pelo contrário, seus rostos tristes ao falar de Zenaida, seu esforço para mudar o assunto da conversa, eram mais cáusticos do que a própria malícia.

Muito poucas pessoas dignas de respeito a desculparam pelo fato de, quando criança, ter recebido as noções mais perversas dos deveres de uma mulher em relação à sociedade; de ter ficado órfã cedo e ter sido colocada na casa de uma tia, incapaz de transformar o caráter de uma moça jovem e inexperiente. Foi dado crédito à sua inteligência, à bondade do seu coração; alguns falavam de algum ato generoso no seu casamento; mas milhares de vozes rebelaram-se contra ela, e eu nem sequer consegui descobrir aquilo em que consistia a sua generosidade.

O tribunal da sociedade se deu. Sua sentença categórica caiu sobre a cabeça da pobre Zenaida. Ela não tinha permissão nem para se defender. É verdade que alguns membros do terrível julgamento, mil vezes mais terrível do que todas as Inquisições espanholas, não assinaram sua resolução inexorável: mais de uma vez ouvi duas ou três vozes que, ao contrário dos boatos, defendiam Zenaida com ardor, cobriam-na com grandes elogios, consideravam-na um modelo de mulher.

Mas esses advogados não convidados ou eram pessoas jovens e de cabeça avoada, ou eram mulherengos obsoletos, a quem qualquer sorriso de uma jovem mulher obriga à gratidão eterna. Assim como os venenos mais fortes e perigosos escondem-se sob as folhas de belas flores, a pior calúnia costuma se esconder nos elogios inflados de algumas pessoas. Ao exaltar uma mulher, eles sutilmente insinuam com cada palavra que receberam o direito, que são obrigados a protegê-la. E, para demonstrar a sua eloquência e ostentar uma ideia vulgar roubada de um livro, compõem uma justificativa que vai contra todas as leis morais, sem pensar que a mancham com suas opiniões lamentáveis, que muitos tomam para si e fazem passar por suas. Mas àquela época eu não pude nem entender nem julgar a sangue frio e, confesso, a arrogância dessas pessoas contribuiu mais do que todas as calúnias para o eclipse da minha razão.

O terrível veneno da dúvida começou a infiltrar-se em minha alma; perturbada pelas calúnias maldosas, ela refletia cada vez mais vaga a imagem da outrora pura e virtuosa Zenaida. Eu ainda não acreditava nas calúnias; o meu amor era mais forte que elas: mas eu tinha exaltado tanto esta mulher acima de todo o mundo! Envolvi a sua amada cabeça com um brilho tão mágico que até os olhares e discursos humanos que a alcançavam pareceram-me uma profanação desse brilho! Durante quase dois anos Zenaida havia resplandecido em meu horizonte como um sol claro e magnífico; durante dois anos nem uma única nuvem, nem mesmo por um instante, a tinha obscurecido; quão terrível foi para mim, uma testemunha impotente, ver como as fumaças venenosas da opinião da multidão tinham escurecido os seus raios, como o tribunal da sociedade tinha feito desabar sobre essa maravilhosa cabeça o infame machado da vingança por ter violado as suas miseráveis leis!

Não era a suspeita que me atormentava: eu ainda repelia com repugnância todas as acusações fantasiosas da sociedade. Mas era uma irritação amarga e penosa! Sofri não por mim, mas por ela, sofri não com dor, mas com orgulho, sublime, com desprezo pelos acusadores. No entanto, seus discursos ecoavam intrépidos em meus ouvidos, minha memória retinha teimosa os mínimos detalhes das histórias, e mais de uma vez, mesmo à noite, seu assobio serpentino despertou-me: acordava com uma maldição e uma ameaça nos lábios, com um anseio corrosivo em meu coração. Um pensamento às vezes me consolava:

talvez minha Zenaida e aquela de quem o distrito de ***ski tanto se preocupava fossem duas pessoas estranhas por completo uma à outra; talvez a semelhança acidental de nomes, fortunas e alguns detalhes da vida houvessem me extraviado, o que se dissiparia no primeiro encontro com a esposa do general N***, que me era desconhecida. Agarrei-me a este pensamento como a uma tábua de salvação, e com alegria renunciei à esperança de ver Zenaida, preferindo a separação eterna à dor de vê-la indigna do meu amor.

— Finalmente, a Senhora N*** voltou para o marido – minha tia me disse uma manhã. – Agora você pode verificar a veracidade de minhas palavras. Ela chegou aqui hoje, e há um baile para ela na casa do governador; pode encontrá-la lá. Você quer ir? Vamos, estaremos na cidade em duas horas...

Um arrepio percorreu meu corpo ao mesmo tempo em que minha cabeça e peito queimaram. "A verei, Zenaida! Você dissipará a impressão de calúnia hostil em mim com uma palavra, com um olhar! Você, como antes, estenderá sua mão para mim, que vacilou na confiança em ti, e ressuscitará perante mim adorada, e outra vez eu, amoroso e feliz, cairei aos teus pés!".

Agradecendo à minha tia pelo aviso, aceitei o seu convite, e, em duas horas, já estávamos na cidade. As minhas parentes na mesma hora foram às lojas para comprar acessórios para os trajes de gala; eu fiquei sozinho.

O pensamento da presença próxima de Zenaida era inebriante para mim, a esperança de um encontro alegrava-me, mas meu coração, de alguma forma, batia doloroso no peito, ardia, e congelava, como se prevendo a desgraça. Esperei e, ao mesmo tempo, temi essa noite. Por duas vezes tive o ímpeto de correr para Zenaida. Saber que ela estava ali, a cem passos de mim, e não a ver, era o tormento de Tântalo! Peguei meu chapéu, pisei na soleira... E a sua proibição? E a minha palavra de honra? À noite, uma mentira pode encobrir sua violação: um encontro em um baile pode ser atribuído ao acaso, mas ir à casa dela!... Tal foi a sua influência sobre mim que eu, fervendo de impaciência, sofrimento, agonia, joguei o meu chapéu de lado e permaneci ali com uma única esperança para aquela noite.

Por fim, minha angústia e impaciência intensificaram-se até o ponto da tortura: eu não conseguia ficar um sequer minuto em mesmo lugar, não conseguia parar meus pensamentos ou meus olhos em um único objeto; andava de sala em sala, medindo o tempo com os movimentos do pêndulo; finalmente, exausto em espírito e corpo, parei à janela.

A rua estava cheia de gente, a multidão estava densa e agitada; eu observava através do vidro coberto de gelo, sem pensar, sem ver. Um trenó passou voando: uma dama de chapéu branco se sentava nele, e um oficial estava nos estribos. Tão depressa como um relâmpago, eles cintilaram e desapareceram, e eu, como um louco, corri para a porta, pronunciando o nome de Zenaida. Corri para a rua: o trenó tinha desaparecido; então, esquecendo o seu pedido e a minha palavra, joguei-me no primeiro trenó que cruzou meu olhar e dirigi-me ao alojamento do general N***.

— A esposa do general está em casa? -, perguntei, irrompendo no quarto dos empregados.

— Ela está, senhor – respondeu um dos criados – como deseja ser anunciado?

Dizendo meu sobrenome, segui-o até o corredor, até a sala de visitas; a porta do terceiro quarto estava trancada.

— Deixe-me anunciá-lo primeiro... – disse-me o criado, com evidente medo de que eu invadisse o quarto às suas costas.

Eu parei; mas, enquanto ele entrava e fechava a porta atrás de si, meus olhos caíram primeiro na boina militar, que estava ao lado de um gorro branco, e depois em seu dono, aquele oficial que vi na parte de trás do trenó. Ele andava de um lado para o outro com a sobrecasaca aberta e cantarolando uma romança francesa, como se estivesse em seu próprio alojamento. De pé a dois passos da porta, ouvi o criado anunciar minha chegada.

— Quem? – Respondeu uma voz baixa e, como me pareceu, trêmula, que fez todo meu ser estremecer.

— Tenente Vlodínski – repetiu o lacaio.

No mesmo instante, ouviu-se na sala uma voz de homem, com expressão de susto e súplica; ele logo pronunciou:

— Minha querida, é ele!... Recuse-o!... Não o receba!...

Fora de mim, dei um passo em direção às portas: elas se abriram, e o criado, trancando-as novamente atrás de si, lançou-me as palavras:

— Eles me mandaram pedir desculpas, não estão recebendo ninguém hoje.

Olhei para ele como se não entendesse. Acho que a loucura se refletiu em meus olhos, porque ele me olhou com surpresa, repetiu suas palavras e não tirou a mão da fechadura da porta até eu me virar e sair devagar, mecanicamente, para o quarto dos criados.

Não lembro como me encontrei na estalagem, no meu quarto. Eu estava no esquecimento, na inconsciência; meus sentidos estavam congelados, minha razão entorpecida; nem um único pensamento surgiu em minha mente, nem um único tremor manifestou a vida do meu coração. Quase ao mesmo tempo, minhas primas voltaram para casa e, sem se darem tempo para se despirem, cercaram-me, bombardeando-me de perguntas:

— Então, esteve na casa do general? Deram-lhe um bom acolhimento? Estavam felizes em te ver?

— Não estão recebendo ninguém hoje – respondi, repetindo de forma involuntária as palavras do criado, que ainda me batiam na cabeça como os golpes de um martelo pesado.

— Como não estão recebendo! Aí está um disparate, acabei de ver três carruagens na sua porta de entrada.

— Vi o príncipe saindo pela porta.

— Você o viu? Ela andava na carruagem com ele... Passou por aquelas janelas com o seu gorro branco; o príncipe estava de costas...

— Ah, não, não era o príncipe! Na verdade, foi Vsevolod – retrucou a irmã mais nova.

— Ora essa! Ora essa! – todas as seis gritavam ao mesmo tempo – Não foi assim, era o príncipe, nós o vimos muito bem...

— Que príncipe? – gritei, despertando do meu estupor.

— O príncipe Svegorski, o ajudante de ordens do marido e amigo da esposa.

"O sortudo que é recebido no quarto enquanto a porta está trancada para você", sussurrou algum demônio ao meu ouvido, e o seu riso infernal disparou uma flecha envenenada em meu coração.

— O príncipe!... Felizardo! – Repeti em voz baixa. – Zenaida!... O príncipe! Mas quem é ele? - Gritei novamente em desespero – Vocês o viram, vocês o conhecem: digam-me quem ele é, o que ele é para ela... Pelo amor de Deus, falem de forma clara e sensata uma vez na vida. Tenham piedade, não me atormentem!

Ao que parece, eu era de fato digno de pena: as irmãs se entreolharam e a mais velha, que me mostrou simpatia maior, disse, sentando-me com ela no sofá:

— Ouça-me, meu amigo. No inverno, sua Zenaida Petrovna estava em São Petersburgo e mal havia retornado, quando o príncipe Svegorski, nomeado como ajudante a pedido do marido, seguiu-a. Ela o recebeu como um velho conhecido, e desde então eles são inseparáveis; nas sociedades, nas caminhadas, até na igreja, o príncipe sempre a acompanha. Todos sabem disso.

Quando, há pouco tempo, ela foi visitar o pai, o fiel ajudante não foi visto em parte alguma da sociedade. Dizem que ela o proibiu. Ele é jovem, uma gracinha; dizem que é jogador; mas ela não dá a mínima! O general é tão indulgente, o príncipe, tão amável: não há de se surpreender com o que andam dizendo... dizem tanta coisa... Não fique triste, meu caro amigo!

— Tudo bem, tudo bem!... Descreva-me a aparência do príncipe.

— Alto, esbelto, com lindos cachos louros, ombros um pouco inclinados, mas que combinam com a altura.

— É ele!... E está sempre com ela?... No quarto dela...? Ah, Zenaida!...

Rompendo a formação de minhas primas, corri para o quarto mais distante e tranquei-me lá dentro.

Agora a traição de Zenaida parecia inquestionável: tudo testemunhava contra ela tão alto e claro! O tribunal da sociedade tinha razão, meus próprios olhos haviam me convencido do que meu coração havia rejeitado com teimosia por tanto tempo... Ele! Em seu lavatório! A sós com ela! O homem que se tornara seu favorito... ele a implorou: "Minha querida, recuse, não o receba!..." Minha querida?... Forças do inferno! Enquanto isso eu, humilhado, parado do lado de fora da porta!... Fui repelido com desdém! Fui sacrificado em prol do novo escolhido!... E eu não me atirei sobre ele, não o estrangulei, não o dilacerei...

Então foi por isso que ela me proibiu de a encontrar novamente! Foi por isso que ela pediu para não pronunciar seu nome na Rússia! Por que todas essas precauções e advertências? Ao que parece, sua consciência estava clamando contra o disfarce da virtude, e ela esperava usar minha ignorância como um escudo para sua hipocrisia. E eu, cego, chamei as pessoas de caluniadoras, amaldiçoei-as, humilhei-as!... Se ela fosse tão pura e santa, como refletida em minha alma, então, nenhuma inveja, nenhuma malícia ousaria levantar contra ela seu ferrão venenoso: que espírito das trevas não teria se curvado diante de seu resplendor?... Não, o encanto desvaneceu...! Sonhos, amor, tudo se foi. Restou apenas a terrível realidade, que matou tudo o que embelezava minha pobre existência, e agora, aninhada sozinha no santuário devastado, assobiava como uma erínia[18], alimentando as minhas emoções.

Apenas uma vez surgiu em mim uma dúvida gratificante: um sentimento familiar falou em defesa de Zenaida. Projetei em minha mente a sua imagem, os seus olhos cheios de sentimento e um lampejo de tristeza – pareceu-me que sentia pena dela. Foi a última chamada da razão eclipsante. Talvez ela tivesse combatido a calúnia e as acusações malignas das pessoas, mas outro sentimento crescia em mim, afogando tudo, esmagando tudo: o ciúme ardia dentro de mim com uma chama terrível, e diante dele todos os sentimentos se resignaram, as últimas faíscas da razão se desvaneceram.

---

18   As erínias (em grego: Ἐρινύες), na mitologia grega, eram personificações da vingança. Enquanto Nêmesis, a deusa da vingança, punia os outros deuses, as erínias puniam os mortais. Eram três: Tisífone (Castigo), Megera (Rancor) e Alecto (Inominável). Na mitologia romana, eram chamadas fúrias – Furiæ ou Diræ .(N.E.).

O tribunal da sociedade estava certo! A mulher para quem criei um trono em minha alma era apenas uma coquete ardilosa e traiçoeira! Ela, que me recriara, que inspirara em mim outro ser, ela agora, em doce conversa com os outros, ria de mim, como se eu fosse um ingênuo, um adolescente, que, vestido com um traje tolo para agradá-la, acreditava com inocência que era um manto da sabedoria... Maldição!

Um mês antes, definhando na angústia do amor extático, eu me considerava o mais infeliz dos mortais; agora, daria tudo o que eu tinha, tudo o que eu poderia ter nesta vida, apenas para recuperar meu passado amargo, com seu tormento, com sua angústia, mas também com sua fé cega na pureza de Zenaida... Eu vivia despreocupado até conhecê-la, estava feliz com minha vida bruta e materialista: por que ela tinha que me seduzir com o falso brilho das virtudes inexistentes? Por que abrir diante de mim o paraíso dos sentimentos elevados, que ela própria só conhecia pelo nome?

O mundo para o qual ela tinha me conduzido estava agora em ruínas, destruído por suas próprias mãos, e eu? Eu, tendo arrancado todos os sentimentos da alma, amaldiçoado todos os pensamentos que não respiravam por ela, e apenas por ela; eu, que tinha atirado a seus pés todos os prazeres da minha juventude sem a menor exigência de retribuição; eu, que só nela adorava tudo o que era belo, adorava tudo o que era delicado, ansiava apenas por ela, sofria por ela, rezava por ela, acreditava e vivia nela e era feliz apenas pela minha esperança – agora eu via o meu ídolo atirado ao chão, pisoteado em cinzas pelos homens e, em um frenesi de lágrimas de sangue, convencia-me de que não era nada além de um ídolo feito de lataria desprezível e, pior ainda, uma mulher sem consciência, sem coração, sem alma!

Arrancava meus cabelos, enraivecia-me, ora amaldiçoava o mundo inteiro, ora chorava exausto como uma criança. Mas logo acendeu-se uma paixão, até então desconhecida para mim; uma paixão que, irrompendo em chamas, secou minhas lágrimas e abafou todos os sentimentos: era uma sede de vingança!

Afastando-me de todas as regras e ideais que me guiaram nos últimos dois anos de minha vida, ressuscitei na memória aquela filosofia contra as mulheres há muito esquecida; armei-me com toda a ousadia para a qual há pouco olhava com desprezo e, com calma e serenidade, comecei a pensar nos meios de satisfazer minha vingança.

O demônio da engenhosidade do mal não hesitou em vir até mim: tracei um plano de ação completo e, esperando naquela mesma noite encontrar Zenaida no baile, reuni todas as minhas forças para o ataque.

Quando desci ao salão para o chá, e as minhas primas, em trajes meio de gala e meio domésticos, saudaram-me com sua habitual ironia, eu as retribuí; estava calmo, até alegre, tagarelava sem parar, convidava-as para contradanças com antecedência, fazendo piadas sobre suas vizinhas. Minha alegria incendiou-se, como um rubor no rosto de um tísico, quanto mais intenso, mais próximo da morte. O último minuto dela também estava próximo! As primas não podiam evitar a surpresa com a mudança repentina no meu humor e se alegraram porque, segundo elas, eu havia finalmente recuperado a razão. Mas seria razão ou loucura completa? Eu não sabia o que estava fazendo, o que estava dizendo, e só me lembrava de uma coisa, uma coisa em que não parava de pensar: a vingança que preparava para Zenaida. Chegara a hora desejada: apressei minhas primas e o cocheiro; toda a impaciência de um apaixonado renasceu em mim. Finalmente entramos no salão. Zenaida ainda não estava lá. Coloquei-me diante das portas, olhei-as com trêmula expectativa, fiquei à espreita de todos os que entravam e saíam; o círculo abriu-se, a dança polonesa esticou-se numa longa fila ao longo da sala; Zenaida não aparecia... Não saí do meu lugar durante mais de duas horas e não tirei os olhos na porta: eis que surgiu o rosto familiar do general; um arrepio de alegria envolveu-me e eu me dirigi para a porta, mas apenas o ajudante e alguns oficiais seguiram o militar para dentro.

— Onde está Zenaida Petrovna? – Perguntou a anfitriã do baile.

— Ela implora seu perdão; enxaqueca forte...

Não ouvi mais nada. A luz turvava meus olhos: parecia-me que o próprio espírito maligno a informara da vingança que eu tramava. Em meus cálculos e suposições, havia deixado escapar a circunstância mais importante: Zenaida, firme na intenção de nunca mais me ver, provavelmente recusaria a presença em sociedade durante toda minha estadia na cidade.

Furioso com este novo fracasso, fui de cômodo em cômodo, novamente quebrando a cabeça pensando em como encontrar Zenaida em algum lugar do burburinho da sociedade... Nenhuma baixeza pareceria indigna de mim, se ao menos me concedesse um meio de vingança contra aquela mulher. Nesse estado de espírito, entrei em um escritório separado, no qual uma multidão de homens rodeava uma mesa de jogo.

Ao me aproximar da porta, ouvi as palavras em uma tagarelice geral:

— Como é, senhores, quem está com a sorte?

— Quem mais senão o príncipe Svegorski! Felizardo! Ele é decerto favorecido pelas damas e pelas cartas...

O nome odioso fez-me estremecer; num instante encontrei-me na sala de jogos e primeiro apareceu-me aos olhos o rosto do banqueiro, no qual não pude deixar de reconhecer o jovem oficial que tinha visto pela manhã na parte de trás do trenó e no quarto de Zenaida. Meu coração vibrou de alegria maliciosa, um pensamento súbito passou por minha mente, aproximei-me da mesa e juntei-me aos apostadores.

Segundo uma de minhas primas, o príncipe era um jogador, portanto, a derrota não seria difícil para mim, e nessa esperança apostei uma grande quantia. Mas, como a fortuna sempre vem sem ser convidada, ela também me favoreceu no início, apesar de meus erros propositais e desatenção no jogo. Por fim, minha persistência a cansou: comecei a perder; em meia hora minha carteira e bolsa estavam vazias, era tudo que eu queria.

Então, fingindo ser um jogador temperamental, irritado com uma perda significativa, abri meu uniforme e arranquei do peito um medalhão com borda de ouro. De um lado, continha um retrato muito fiel de Zenaida, feito por mim na Alemanha, do outro, o lírio do vale que havia sido banhado por sua lágrima de despedida; em dias passados, ambos teriam levado junto minha vida se arrancados de mim; agora, eu fazia deles os instrumentos de minha vingança.

— Aqui está uma ninharia – disse eu, voltando-me para o banqueiro - que hoje talvez tenha para você o preço que tinha para mim há um ano. Essa mulher fez-me feliz e talvez agora me traga sorte. No entanto, a moldura dourada também vale alguma coisa; senhores, gostariam de avaliar? – acrescentei, entregando intencionalmente o medalhão ao meu vizinho mais próximo.

Minhas palavras atraíram a atenção geral para o retrato de Zenaida; os jogadores e espectadores se aglomeraram ao seu redor, mas ninguém mencionou o nome da figura familiar; apenas muitos rostos se retorceram em sorrisos maliciosos.

— Bem, meu caro senhor, você concorda em aceitar esta ninharia por cem rublos? – perguntei ao banqueiro, e com estas palavras, mais uma vez tomando posse do retrato, joguei-o sobre a mesa coberta de cartas e rabiscada com giz.

O banqueiro semicerrou os olhos. Em um instante, seu rosto se tornou roxo, ele agarrou a imagem de Zenaida, deu um pulo e, atirando-me uma nota de cem rublos, gritou:

— Mercenário desprezível! Aqui estão seus cem rublos, o retrato me pertence!

Todos na sala estavam agitados; pessoas prestativas se aglomeravam à nossa volta, murmurando desculpas e palavras de paz, mas eu, puxando o príncipe de lado, sussurrei algumas palavras em seu ouvido, às quais ele acenou com a cabeça em resposta e nos separamos de imediato.

Voltando à estalagem, examinei minhas pistolas, escrevi uma carta para minha irmã, outra para Zenaida, na qual expressei não só tudo o que fervia em minha alma, mas também sobre todo o tribunal da sociedade, todas as suas acusações; então, tendo-as selado, entreguei as duas cartas ao meu criado, com a ordem de enviá-las aos endereços em caso de minha morte ou ferimentos graves.

Parecia que minha fúria, derramada na cena do baile e na carta à Zenaida, havia apaziguado. Eu alcançara meu objetivo: seu nome foi desonrado, abandonado às garras da multidão, e ele, seu amante, era uma vítima condenada ao meu chumbo!... No dia seguinte minhas contas com ela, talvez com o mundo, seriam acertadas... Bem! A vida nunca foi um tesouro para mim, e agora, para além dos limites da minha vingança e sem ela, é insignificante!... Por quem viver? Para quem? Para quê?...

Apenas Zenaida preenchia minha alma, minha existência. Sempre, em todos os lugares comigo, dia e noite, nos sonhos e na realidade, ela parecia ter se fundido ao meu coração, dissolvido em meu sangue. Com ela estava o início e o objetivo da minha existência: o que seria sem ela?...

E pela primeira vez, olhando para o futuro, estremeci! Escuro, vazio, frio, terrível!...

Tive pena do meu sonho, do meu fantasma, falso, mas tão reconfortante, tão sublimemente belo...

E quem destruíra meu encanto? Culpei Zenaida por isso com razão?... Não! Prevendo o futuro, ela me mostrou a ponte sobre o abismo, desviei-me, assassinei sem querer minha única e pobre felicidade; agora nada a ressuscitará!

E o desejo de morte ecoou em meu coração desolado!

Um cidadão solitário do mundo, um estranho na vasta família da humanidade, amado por ninguém, apegado a ninguém, não sou supérfluo na Terra?... Tenho uma irmã: mal a conheço; tenho muitos colegas e nenhum amigo... Convidado sem escolha para a festa da vida, festejei a minha parte, fui jovem, fui feliz, saboreei a dor e a alegria; acabou o banquete, é hora de ir para casa!... Só é uma lástima não ter saído antes, naquele momento em que, no feitiço da primeira entrada na sociedade, olhei tudo pelo prisma do encanto, confundi lataria com ouro, palavras com eco de sentimentos. É uma lástima que não tenha conseguido levar comigo uma bela caça. Agora o sol da verdade nasceu, iluminando a maquiagem nos rostos, a decadência sob a vida artificial, o engano no sorriso, a astúcia no olhar, nos vestidos, nas flores. Maldito sol! É hora de ir para casa!...

Agarrei-me com avidez ao pensamento da destruição e logo, confundindo um desejo apaixonado com uma premonição de sua realização, lancei um olhar sereno para o passado, como alguém que já se tornara obsoleto, já excluído da lista de pessoas.

Por vinte e três anos eu existi; mas apenas a partir do encontro com Zenaida considerei o início da minha vida. Ela me despertou da insignificância, fortaleceu a centelha divina que ardia em mim em vão; com amor por ela, provei os sentimentos de um ser humano, a semelhança de um deus vivo na Terra, experimentei a vida com ela, através dela desfrutei-a, não por muito tempo, mas com intensidade e sem limites... Ela era tudo para mim; a ela devo tudo... Uma lágrima de gratidão e ternura caiu de meus cílios sobre meu peito e ressoou nele com uma reprovação. Como agradeci a ela?

Pela felicidade, recompensei-a com censura; pela vida, com um tormento pior do que mil mortes.

Eu, um homem orgulhoso, forte e poderoso, entrei em luta com uma criatura fraca, exausta pelas torturas do destino, pela perseguição das pessoas; eu a esmaguei e comemorei minha vitória... Um triunfo maravilhoso!... O lobo e o javali poderiam fazer o mesmo e até melhor; eles sairiam ilesos da luta; e eu, acorrentando Zenaida ao pelourinho, enredei-me nas suas correntes; acorrentei-me à minha vítima, tendo aceitado a posição de seu algoz... Um sentimento de vergonha, de humilhação, de desprezo surgiu como uma onda fervente sobre meu coração, inundou-o, afogou-o.

E se a minha premonição não fosse enganosa, se no dia seguinte estivesse destinado a cruzar o limiar da vida e da morte, se ali a minha mãe encontrasse o seu filho, o seu amado filho, a quem com o seu leite ela passara as últimas forças da vida em desvanecimento, se ela exigisse que ele prestasse contas do que fez da existência dada por Deus...? Vagueou pelo mundo sem benefício para si e para os outros; conheceu uma mulher, com abnegação atirou todo o seu ser aos seus pés e depois, quando ela rejeitou um presente indesejado e desnecessário para si, atacou-a, indefesa, torturou-a, manchou a honra do seu marido, rejeitando com arbitrariedade a vida de seu próximo e a sua própria... Que nobre e exemplar relato de uma criatura que ostentava o título de ser humano com razão, com uma alma imortal!

Fui esmagado, destruído pela pressão destas reflexões e, durante muito, muito tempo sentei-me como se estivesse pregado à cadeira. Nesta posição, a luz do dia apanhou-me. "Chegou a hora", disse uma voz dentro de mim, restaurando minhas forças e a minha memória do presente.

— Chegou a hora! – Repeti em voz alta e, repreendendo-me pela covardia, levantei-me num salto, peguei as pistolas e fui para o local do duelo.

Meu adversário já estava lá com outro jovem oficial que, a meu pedido, assumiu o cargo de nosso assistente; enquanto ele inspecionava e carregava as pistolas, lancei um olhar curioso ao meu rival felizardo, que não tivera tempo de examinar direito na véspera, no calor das emoções. Ele ainda estava na flor da idade;

um rubor juvenil brilhava em suas faces; pareceu-me tão bom, seus traços refletiam tal retidão e nobreza, que compreendi o quanto ele poderia ser amado por uma mulher e em que desespero a sua morte poderia mergulhar a criatura que o amava. Eu entendi e, fervendo de vingança renovada como uma fera selvagem, medindo-o com meus olhos, em minha imaginação impaciente atirei nele uma bala que deveria perfurar dois corações; em minha mente eu já me deleitava com o sangue dele e as lágrimas dela.

O assistente, tendo medido a distância, entregou-nos as pistolas; começamos a nos aproximar lentamente, ao sinal foram disparados dois tiros: senti um golpe na perna, e meu adversário caiu para trás.

— Vsevolod!... Está morto! – gritou o assistente, rasgando suas roupas e tentando parar o sangue que escorria em fluxo quente sobre a neve.

Um minuto antes, apontei com sangue frio uma pistola para o coração do jovem, sedento de seu sangue, mas a palavra: "morto" fez-me estremecer. Num instante meu ódio desapareceu; não vi nele meu rival, apenas um homem que havia matado; minha consciência gritou alto contra o assassinato e, apesar de meu próprio ferimento, corri para o moribundo.

Ao som da minha voz, ele abriu os olhos, fixou o olhar em mim, já coberto por um véu de morte, fez o último esforço e gemeu com uma voz surda, quase inaudível:

– Você matou a honra... de uma inocente... e matou... o irmão dela... defenda-a... na sociedade.

— Irmão?... Irmão?... – eu gritei apavorado.

Mas já havia um cadáver em minha frente. Seus lábios fechados; olhos revirados; a vida, que há tão pouco brincava em seu rosto com um rubor brilhante, foi substituída por uma palidez mortal; as paixões que moviam as feições deram lugar a uma calma insensível; e nesta palidez, nesta calma, uma semelhança se mostrou aos meus olhos... A terrível verdade me atingiu como uma maldição divina. A luz escureceu em meus olhos; o assassino caiu sem sentidos sobre o cadáver do assassinado...

Não me lembro como me trouxeram para casa e quanto tempo fiquei inconsciente: uma febre violenta tomou conta de mim; por mais de um mês a morte pairou sobre meu leito, e eu a chamei, implorei, como se fosse um sinal de misericórdia celestial, mas a vida e a juventude venceram. Recuperei-me.

Com a renovação das forças, o sentimento do meu pecado aumentou em mim. Por que destruí um inocente? Por que privei uma irmã de seu irmão, um irmão devotado a ela, talvez seu único amigo na Terra?... E ao mesmo tempo, as pessoas que gritavam com tanta fúria contra Zenaida agora se arrependiam, procurando todos os meios para me atormentar. Delas soube, como que por acaso, de passagem, que Zenaida, tendo regressado da casa de seu pai na véspera do baile preparado para si, trouxera consigo o irmão para visitar o marido; que ela e o jovem que matei eram os únicos filhos de um velho nobre honrado; que após um terrível incidente, as línguas maliciosas com assustadora velocidade informaram ao pai sobre a desonra de sua filha e a morte de seu filho;

que o velho não suportou o golpe duplo e quando a filha, ao que parece sem saber nada sobre minha baixa conduta no baile, voou até o pai para notificá-lo com cautela sobre a desgraça compartilhada por eles, o velho nem sequer quis vê-la e morreu nos braços de estranhos; que depois disso Zenaida renunciou à sociedade, trancou-se sozinha em sua vila, e ali, rejeitando todas as consolações dos seus parentes e toda ajuda médica, apagava-se como uma chama que se esvai. Também soube, tarde demais, que o príncipe Svegorski e seu irmão serviam no exército como ajudantes de ordem e que a semelhança acidental de altura e fisionomia mais de uma vez os levou a serem confundidos na sociedade.

Por vários meses estive preso; fui julgado; a indulgência diminuiu minha culpa; na sociedade, perdoavam-me ainda mais depressa, mas eu carregava no peito o castigo, um castigo contra o qual todas as punições humanas e todas as opiniões da sociedade pareciam-me insignificantes. Minha imaginação foi assombrada por fantasmas terríveis: em meu sono e em vigília apareciam-me os rostos de um jovem assassinado e de um pai moribundo, o desespero de uma irmã e filha, e a cada minuto ouvia as palavras interrompidas pelo suspiro da morte: "Você matou a honra de uma inocente e matou o irmão dela...!". E além do tormento, todo o meu antigo amor por Zenaida explodiu com força redobrada. Mesmo que ela fosse culpada contra as leis da sociedade e até da moralidade; que com astúcia seduzisse a mim e aos outros com o brilho de falsas virtudes; que fosse frívola, enganosa, traidora – tudo isso desapareceu em comparação com a baixeza e infâmia do meu ato, tudo se afogou na enormidade de meu crime.

Sim! Naquela altura, lamentava por ela e a amava de forma inexprimível! Parecia que todos os meus sentimentos, agora descolados da sociedade, minha ambição assassinada, meu desejo de glória, minha arrogância, meu orgulho de uma vida impecável, meu passado e futuro estavam destruídos, em uma palavra, toda a minha vida estava concentrada em um sentimento, e esse sentimento era o amor por ela. Julgai o que me aconteceu, o que devo ter sentido quando, passados alguns meses, foi me apresentada uma carta – uma carta de Zenaida – e quando soube, desde as primeiras linhas, que a sua voz descia até mim das alturas do outro mundo, que Zenaida já não existia, e no último minuto da sua vida, fazendo as pazes com o céu e os homens, ela enviou-me o perdão, a mim – o assassino de tudo o que lhe era querido na Terra!

E eu, na loucura do amor, ainda esperava implorar, ter um encontro com Zenaida para ouvir dos seus lábios as palavras de perdão... Alimentei-me e vivi desta esperança!... Agora tudo, tudo estava acabado para mim!... Agora a vida era o pior dos tormentos para mim. A ideia de suicídio começou a me tentar; eu me deleitei com ela. Mas não! Não é assim que eu deveria encontrar Zenaida na eternidade, ainda com o sangue quente do seu irmão nas mãos, com o selo de rejeição e maldição na minha testa; não! A morte seria a minha alegria, a minha salvação, mas eu mereci o castigo; que a minha vida seja o castigo!

E eu vivi!... O arrependimento roeu meu coração, a dor murchou meu corpo, nem por um minuto a lembrança do passado cochilou em mim; lenta, eternamente ela atormentou minhas entranhas, sugou meu sangue. Mas eu vivi, e vivi por vinte anos!

A carta de Zenaida, garantia sagrada de nossa reconciliação, ainda está guardada em meu peito e recebe todos os dias minhas lágrimas ardentes, minha angústia eterna. Deixarei uma cópia dela, mas com isso, eu rogo, não me separe da carta original mesmo após a morte. Que desça comigo à sepultura, e ali, diante do trono do Senhor, peça o perdão do pecador, testemunhando seus tormentos na Terra...".

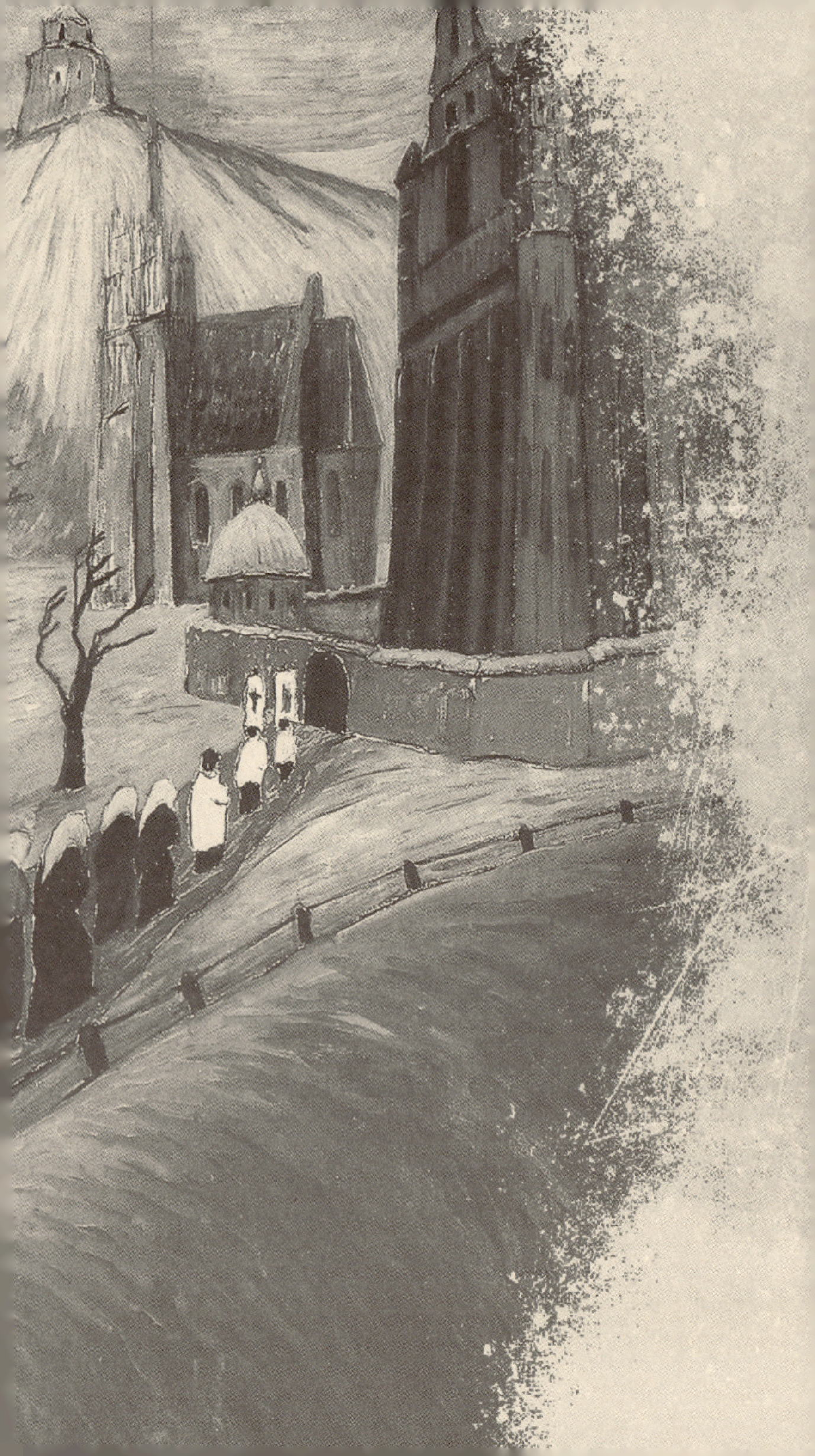

Vlodínski, mataste meu irmão, o meu pai, mataste-me, mas não estou escrevendo para censurá-lo, e sim para perdoá-lo – para perdoar com toda a plenitude de minha alma, que não retém uma única censura contra um infeliz.

Sim, Vlodínski, eu te perdoo. Sois um homem cego, não um criminoso; sois apenas um homem como todos os homens: mais fraco e frívolo do que perverso; fostes levado por uma falsa aparência: que Deus no céu e a vossa consciência na Terra vos perdoe, como eu vos perdoo!

Quando vossos olhos caírem sobre essas linhas, minhas cinzas já repousarão com as cinzas de minha família, nossas almas se fundirão em uma só oração perante o Senhor, e ele, misericordioso, enviará a vós a paz, que nem o burburinho da sociedade e nem o mundo de solidão jamais vos darão.

Isso é tudo o que eu queria dizer, que gostaria de cravar em vossa alma quando as pessoas varrerem minhas cinzas da Terra e meu nome de vossa memória; foi o que escrevi naquela época, quando as mortes de meu pai e irmão caíram como uma acusação sobre minha cabeça e eu, sentindo como todos os germes de vida foram interrompidos em meu coração, não imaginei que sobreviveria a este fatal golpe... A Providência julgou o contrário. Enquanto meu corpo, obedecendo à lei da natureza, lutava com obstinação contra a decadência, toda a força da memória e do sentimento acendeu em mim pela última vez. Percebi como é difícil para a alma, mesmo apartada do corpo, separar-se de tudo o que é terreno, purificar-se de tudo o que preenchia sua vida. Sim, Vlodínski! À beira da sepultura, ainda ardo com o desejo de me justificar na opinião da única pessoa que soube me compreender, de deixar meu nome imaculado em pelo menos uma alma nobre.

Além disso, parece-me que, quando vossa juventude tiver passado, quando as paixões tiverem desvanecido, mesmo para vós, minha justificativa será gratificante. Amaste-me: eu o vi e o senti. Dedicaste-me tudo o que havia de mais belo em vosso coração e em vosso ser: não seria doce santificar a memória do primeiro e puro amor com a consciência de minha inocência?

É isto que me leva a dirigir-vos o último som da minha voz: exigir respeito pelo menos pelas cinzas daquela que foi tão orgulhosa que não podia justificar-se na vida e implorar por sentimentos repelidos dela por calúnia.

Nestas linhas está a confissão dos segredos mais queridos da minha alma. Agora posso julgar-me com toda a imparcialidade de um estranho, porque minha vida passada já se separou, afastou-se de mim, e estou prestes a afundar na sepultura. Acreditai em minhas palavras, Vlodínski, ouvi-me com paciência, com indulgência ao pedido de uma mulher que não pedirá mais nada a ninguém.

Éramos dois, eu e meu irmão; crescemos em profunda reclusão. Não sei qual foi o motivo do isolamento de nossos pais da sociedade e das pessoas; penso que fosse a felicidade deles. Não tinham nada a procurar fora do círculo da vida familiar. Nossos primeiros anos transcorreram sob sua supervisão, guardados pelo amor de nossa mãe. Oh! Que amor!... Se eu vos disser que ela foi nossa enfermeira, ama, mentora, nosso anjo do bem na Terra, então ainda não consigo expressar aquele carinho sem fim, desinteressado, todo sacrifício com que ela fez feliz a nossa infância. Para mim, em especial, as suas carícias eram tão preciosas que toda a ternura do meu pai voltou-se para o meu irmão. Mas eu não conhecia a inveja, pelo contrário, quando meus conceitos começaram a se desenvolver, apaixonei-me por meu irmão com um duplo amor, o amor de irmã e minha adoração por meu pai; porque eu o adorava; porque o respeito a todos ao nosso redor, sua alta nobreza e veracidade inspiravam-me admiração, enquanto seu rosto severo e sério e seu silêncio constante me faziam-me tremer em sua presença.

Nossa mãe era o completo oposto de nosso pai. Jovem de coração confiante e amoroso, de espírito vivo e ativo, comunicava a tudo à sua natureza pura, em todos via o reflexo de sua própria bondade; o mundo inteiro parecia- -lhe iluminado e belo, como sua própria alma. Sob os raios dessa alma calorosa e benéfica meus sentimentos se desenvolveram e minha mente amadureceu; sob sua influência, transcorreu toda a minha vida.

Comecei cedo minha vida, como se tivesse um pressentimento de que não viveria muito tempo; tinha pressa em desfrutá-la, adivinhei por instinto que o meu belo amanhecer seria perturbado pelas tempestades do meio-dia. Eu ainda não tinha treze anos quando nossa mãe morreu; junto com ela minhas alegrias se foram... Antes de sua morte, ela me confiou um irmão, muito mais novo que eu, fraco e doente desde o nascimento, e legou a mim a paz de meu pai. A partir desse momento, recebi uma liberdade completa e selvagem. Meu pai, com o coração partido, dedicou-se exclusivamente à educação de meu irmão: assisti por vontade própria a todas as suas aulas e seus severos julgamentos sobre os deveres de um cidadão, sobre honra, nobreza, disposição para o autossacrifício penetraram com profundidade em minha alma. No resto do tempo, eu lia indiscriminadamente tudo o que havia em nossa biblioteca, vagava pelos bosques, pelos campos ou, compartilhando as brincadeiras e exercícios de meu irmão, andava com ele a cavalo pelos arredores.

Minha mente fora enriquecida com conhecimento, minha imaginação fora inflamada pelo estudo dos tempos heroicos: habituei-me a perscrutar o mundo em enormes escalas, conheci os grandes acontecimentos da História, as paixões e feitos de pessoas que enobreceram a humanidade e permaneci alheia aos pálidos mosaicos da vida cotidiana, não conhecia as lendas e costumes, nem os formigueiros de nossa sociedade.

De forma imperceptível, meu caráter foi moldado pelas impressões de minha mente, forjou-se no orgulho, na firmeza, no amor por minha pátria, e apropriou-se de todas as nuances das virtudes masculinas. Em meio à sociedade de marionetes, tão grosseira com todo o seu requinte, minha mente e meu coração amadureceram sob a influência dos conceitos da idade de ouro; com eles se amadureceram e se fortaleceram. Aos quinze anos, minha mente e meu coração já compreendiam tudo; já nessa altura as minhas opiniões e sentimentos estavam acima de todas as influências externas; era possível mudá-los apenas derretendo no fogo de uma das mais fortes paixões: obedeceriam então às novas impressões e assumiriam outra forma?

A irmã de meu pai mudou-se de Moscou para uma cidade que distava de onde morávamos em setenta verstas. Ela nos visitou e, abismada com minha selvageria e falta de jeito, começou a repreender meu pai, apresentou-lhe a importância da educação exterior para uma menina, falou com eloquência, o que o convenceu a confiar minha transformação a ela. Fui morar com sua família.

Era uma mulher secular, fria, indiferente a tudo, sem um traço definido de caráter, sem uma força de vontade, sem uma opinião, e dedicava toda a sua inteligência e todas as suas virtudes à execução dos mais mesquinhos artigos dos estatutos da sociedade. Qualquer pensamento que não passasse pela censura da sociedade, que não fosse coberto por seu brilho, parecia-lhe um crime; todo sentimento original era um pecado mortal. Com tais regras ela alimentava suas filhas, e foi neste redemoinho que caí da minha pacífica reclusão; contudo, por muito tempo permaneci sem me dar conta de seus abismos e turbilhões. Por timidez, assustei-me com a ideia de adentrar a sociedade, mas, em minha imaginação, parecia um magnífico teatro onde se desempenhavam papéis brilhantes que eu conhecia da História e dos romances. Todas as pessoas, na minha opinião, ali se moviam em harmonia; todos os incidentes tendiam a um desenlace glorioso. E para este mundo trouxe comigo um coração puro, cheio de amor e confiança calorosa na benevolência das pessoas, ideias sagradas sobre suas virtudes e uma fé ardente em minha pequena parcela de felicidade na Terra.

Em menos de um ano, minhas crenças inocentes, meus sentimentos, abertos a todos, foram amassados, esmagados pela hostilidade das pessoas, suas más línguas rancorosas e vingativas, seu desejo obstinado de sempre descobrir ouro no bolso de um vizinho e maldade detestável em seus atos mais inocentes. "Por que isso, para que isso?" — repeti perplexa, comparando a essência das pessoas com as histórias de minha mãe, com os julgamentos de meu pai, e fui de um extremo ao outro. Tornei-me amarga contra tudo e todos. Pobre gente! Eu os culpei por serem humanos e não os seres celestiais que havia imaginado que fossem. Não podia acreditar, porém, que o mundo inteiro fosse como aquele em que começou o curso de minha vida; na multidão de pessoas à minha volta não queria reconhecer a humanidade, e, do fundo do meu coração desprezava-a.

Esta foi a pedra principal de todos os meus delírios.

Na casa da minha tia, eu vivia sob opressão e alienação absoluta. Ninguém podia ou queria me entender; de minha parte, também não conseguiria me conformar com sua maneira de pensar e agir: eles me perseguiam, ridicularizavam-me, a cada passo feriam meu orgulho; e, por fim, minha introversão, minha firmeza de caráter, a que chamavam de teimosia, minha agudeza de opinião, minha insociabilidade — tudo isso foi atribuído a uma falta de inteligência, e definiam-me com as palavras: "ela é estúpida e, portanto, incurável". Aceitei com frieza seu veredicto e rejeitei com orgulho qualquer possibilidade de justificação.

Quando meu irmão tinha quinze anos, nosso pai, desejando observar os primeiros passos de sua entrada na sociedade, designou-o para um regimento de cadetes que pouco antes se tinha estabelecido na nossa cidade. Então nossa amizade de infância foi retomada e estreitada por laços selados com seu precioso sangue. Nele reuni toda a ternura de irmã, todo o carinho de uma mãe e, ainda não curada das feridas infligidas pela luta contra a sociedade, reuni todas as minhas forças para mostrar a ele as pedras escondidas nas quais tropecei na cegueira de minha inexperiência, a fim de proteger sua amada cabeça de uma tempestade que havia deteriorado minha alma.

Agora chega um momento difícil, sobre o qual é doloroso para mim falar. À beira da sepultura, reconciliei-me com todos: não quero sobrecarregar ninguém com acusações; mas não posso me calar sobre a época principal da minha vida.

O comandante superior do meu irmão era o major-general N***. Ele estava interessado em pedir minha mão; mas eu o conhecia tão pouco, parecia-me tão impossível entregar-me a um homem que eu não amava, quase um estranho, que não hesitei em recusar a honra que me foi oferecida, apesar de todas as exclamações de minha tia. Mas logo as circunstâncias mudaram. Meu irmão cometeu uma daquelas rebeldias para as quais a disciplina militar é inexorável. O general tinha o direito e queria dar-lhe um exemplo solene de sua severidade. Todos os esforços de nossos parentes foram infrutíferos. Assim, engolindo meu orgulho, *ousei apelar pessoalmente ao general! A oportunidade logo se apresentou; à primeira palavra sobre meu irmão, ele assumiu um aspecto frio; a todas as minhas súplicas e pedidos, ele respondeu com um dar de ombros ou uma fala arrastada: "Sinto muito", referindo-se aos deveres de um superior; por fim, quando, tendo esgotado toda a minha eloquência, eu estava diante dele em lágrimas, com desespero no coração, o general, mudando de repente de tom de voz, começou a falar-me do seu amor e concluiu tudo com as palavras: "Um superior não pode perdoar erros de seu subordinado, mas perdoará facilmente todas as ofensas de seu cunhado!" E me deixou com uma profunda reverência. O destino do meu irmão estava em minhas mãos, como eu poderia hesitar?*

Mas, refletindo sobre as ações do general, cheguei à conclusão de que ele agia de forma errada comigo e considerei meu dever revelar-lhe a verdade. "Ele me ama", pensei, "o desejo de me possuir o obrigou a ser inescrupuloso nos meios para atingir seu objetivo". Mas, insistindo com tanta obstinação em seu desejo, era provável que me considerasse uma criança de caráter dócil, submissa a todas as novas impressões.

Uma vez rejeitado por mim, N*** ainda podia esperar que o hábito substituísse o sentimento, que, com o tempo, seu amor evocaria minha reciprocidade, sem a qual, é claro, ele não quereria minha mão. Mas, mesmo para salvar meu irmão, deveria eu, esquecendo minha honra e consciência, mantê-lo sob engano? Não deveria eu abrir minha alma para ele, confessar-lhe a impossibilidade de suas suposições?... Eu poderia dispor de minha liberdade e sacrificá-la com alegria pela paz de meus parentes; mas enganar um homem, aproveitando-me de sua paixão cega, não podia, não o faria, mesmo que disso dependesse a vida de meu irmão.

Eu mal tinha adentrado a sociedade quando muitos já tinham procurado a minha mão, mas rejeitei todas as propostas, deixando a todos sem qualquer sombra de esperança. Habituada a pensar no amor e no casamento como inseparáveis, via-os por uma perspectiva especial. Em meio ao colapso geral de minhas ideias seculares, apenas uma permaneceu com toda a sua força — a ideia da possibilidade de um verdadeiro amor eterno. Nela confiei, acreditei na realização da minha utopia como na minha própria vida e, carregando no peito o germe de um sentimento sagrado, não o desperdicei em pequenos apegos, guardei-o como um presente do céu, que poderia me fazer feliz apenas uma vez na vida. Todas as explicações em prosa e verso daqueles que me escreviam pareciam a mim lamentavelmente pobres, sem valer uma única faísca de meu belo fogo. Sentindo quanta energia espreitava em meu peito, que paraíso de amor poderia dar ao meu amado, não estava disposta a vender meu tesouro por uma pobre moeda;

considerava um crime fundir uma chama pura com fogo desperdiçado em qualquer encruzilhada, e preferia abafar esse vão presente desconhecido por mim mesma, que não poderia dar nem redimir a felicidade, do que prometê-lo com hipocrisia a um buscador crédulo e depois enterrá-lo no peito para o contentar com migalhas magras de fria e incompleta reciprocidade.

Era assim que eu entendia o casamento, e foi assim que eu quis retratá-lo para o general e deixar ao seu critério a decisão de poder buscar a felicidade em uma relação em que não haveria sequer esperança de inspirar simpatia, quem dirá amor. Não pensei no meu bem-estar desde que ele foi jogado na balança com o perdão de meu irmão.

Na manhã seguinte, o general chegou – eu me preparara para sua visita – a seu pedido, ficamos a sós; então, cumprindo minha intenção, revelei a ele meus sentimentos, meu modo de pensar, todo o santuário da minha alma, até então inacessível a qualquer mortal, e esperei sua sentença.

N*** ouviu-me sem interromper, com um sorriso condescendente de experiência, depois puxou a cadeira para mim e disse:

— Todos nós nos enganávamos aos dezessete anos com esses sonhos; na minha idade, vemos tais sonhos como brinquedos de cristal: belos, mas frágeis!

Ele repetiu então a sua proposta, e eu a aceitei; o meu irmão foi perdoado, sem suspeitar a que custo todo o seu *futuro fora redimido. N*** exigiu apenas que Vsevolod não servisse sob seu comando e assumiu a responsabilidade de cuidar para que fosse transferido para a guarda. Vsevolod partiu de imediato para Petersburgo com as cartas de recomendação do general; meu pai aprovou minha escolha; casei-me, desculpando a determinação do experiente N*** pela sua paixão por mim; mas logo a sua preocupação pelo desembolso mais rápido do meu considerável dote dissipou este último sonho consolador.*

Meu destino se cumprira! Não havia mais nada a desejar, nada a esperar; o que é que o tempo poderia me trazer? Enquanto isso, a mente sutil e alegre de meu marido, temperada com toda a ironia cáustica, diariamente roubava-me uma doce esperança, um sentimento inocente. Tudo o que eu adorava desde a infância era ridicularizado por sua mente fria; tudo o que eu reverenciava como santidade foi apresentado a mim de forma lamentável e vulgar. Aos poucos, junto com minha fé no belo, o refinamento e a inteligibilidade de meus conceitos desapareceram. As piadas ofensivas que antes costumavam me levar às lágrimas não causavam mais rubor nas minhas bochechas. Acostumei-me com a leitura predileta de meu marido, com seus julgamentos, até com os trocadilhos grosseiros de estranhos que, tentando ajustar-se ao tom do dono da casa, competiam entre si com gracejos não abrilhantados nem mesmo por uma mente afiada.

Há muito tempo, ainda antes do meu casamento, percebendo que minhas melhores intenções sofriam distorções, que de cada ato, de cada palavra minha as pessoas davam um jeito de espremer a essência do ridículo, derrubei o jugo de suas opiniões. Agora parecia-me ainda mais desdenhoso, quando as pessoas que me chamavam de menina estúpida começaram a me chamar de mulher inteligente e amável apenas porque o acaso jogara sobre mim o título de esposa de general.

Sem me impor limites pelo respeito ao coletivo, nem pelo medo de seus julgamentos, vivi na sociedade como em um deserto, onde apenas pedras e nuvens migratórias eram minhas testemunhas; vivi sob a influência do meu próprio respeito por mim mesma e pelo exemplo de minha mãe, e considerava a opinião das pessoas uma miragem que não arrefecia ninguém, não matava a sede de ninguém, mas apenas enganava aqueles que olhavam para as coisas à distância, através deste vapor enganoso. Nunca um pensamento criminoso contaminou-me, mas não me forcei a seguir estritamente os costumes geralmente aceitos, não me disfarcei diante da multidão, não persegui seus elogios, não temi suas censuras: em uma palavra, em todos os sentimentos e ações prestei contas apenas ao juiz supremo e seu representante na Terra - minha consciência.

Como sempre, quanto menos eu me importava com as pessoas, mais elas se importavam comigo. Os olhos e ouvidos deste onipresente Areópago[19] observaram-me de perto; meu óbvio desprezo por seus conceitos endureceu a sociedade contra mim e finalmente semeou nela aquela opinião, que mais tarde transformou-se no tribunal da sociedade e a causa da minha morte. Mas naquela época eu ainda não previa nada de terrível, talvez porque, não esperando nada, não me importasse nem um pouco com tudo isso.

A sociedade pregou-me uma peça implacável, ridicularizando todas as noções da minha infância, dissipando todos os tesouros das minhas esperanças. Nenhum dos meus pensamentos sobre ela se concretizou, nem uma única expectativa se tornou realidade. O único assunto em que não encontrei engano foi a mente humana – a mente criativa, lúdica e diversa, que há muito admirava em suas criações.

Na grande sociedade, onde há educação formal, o fluxo constante de ideias alheias dá uma espécie de brilho às mentes mais insignificantes, mesmo uma mente muito iluminada não impressiona tanto quanto na ignorância perfeita de uma pequena sociedade. Lá essa mente comunica seu poder vivificante aos outros, ilumina as mentes dos outros e, em sua luz, eles também se exibem, refletindo a luz emprestada. Além disso, a atenção da sociedade está tão entretida com a diversidade de objetos ao redor

---

19 Antigo tribunal ateniense, in Dicionário Priberam da Língua Portuguesa [em linha], 2008-2023.

que milhares de pessoas podem passar por um gênio sem o notar. Pelo contrário, na vida cotidiana, delineada com estreiteza por velhos hábitos e infértil rotina que esmagam e muitas vezes destroem todos os talentos pela raiz, no deserto, onde apenas um raio de parca luz da educação irrompe com dificuldade, uma pessoa com um grande intelecto e conhecimento brilha como um maravilhoso meteoro. Neste tipo de vida eu permaneci vegetativa, e apenas esses raros meteoros atraíam minha atenção, despertavam em mim surpresa sincera. É verdade que às vezes, encantada pelo encontro com alguma pessoa inteligente, fascinada pela força e brilho de sua mente, ficava feliz por fazer um novo conhecido e pela oportunidade de verter minhas ideias em uma imaginação iluminada, nem mesmo ficava muito exigente nos assuntos de nossas conversas; mas, tendo-me habituado à livre expressão de pensamentos rasos e vulgares, como não poderia desculpar a livre expressão numa pessoa inteligente, coberta de todas as flores da intelectualidade?

Então, buscando involuntariamente em mim o que tanto estimava nos outros, não pude deixar de notar a confusão e a incerteza de meus conhecimentos e, portanto, com um novo ardor, comecei a ler, estudar e refletir. Nas sociedades, eles começaram a me cercar com grande atenção e aprovação; teria rejeitado com desprezo as lisonjas relacionadas à minha aparência, ao meu penteado, mas, há muito oprimida pela insignificância de antemão declarada para mim, não fui inacessível aos coros que me glorificavam o espírito, aos elogios de pessoas que mereciam o meu respeito. A mente tornou-se minha alegria, meu orgulho, meu tesouro; e só em relação a ela aceitava os elogios oferecidos despretensiosamente, até com prazer.

E, no entanto, eu estava feliz? Este pobre triunfo me satisfez?... Não! Cem vezes não! A embriaguez da bajulação fez efeito apenas por um momento, e isso afetou somente a cabeça. O coração pedia cumplicidade, não elogios; amizade, não admiração exagerada.

A mente pode preencher a existência de um homem: ele vive mais uma vida exterior; e a luz que suas faculdades mentais lançam ao seu redor pode refletir sobre ele com fama, riqueza, respeito e até mesmo as bênçãos das pessoas. A mente de uma mulher, como a chama de um farol distante, brilha, mas não dissipa a ignorância que a cerca; e se a vida a cobre de frieza, então não pode sua cabeça aquecer o coração!...

Ah, quantas vezes, voltando de reuniões barulhentas, onde a atenção dos ociosos, a lisonja da conversa fiada e até o murmúrio bilioso dos invejosos, ofereciam farto alimento à minha vaidade, quantas vezes, jogando fora com uma guirlanda de baile tudo o que por um tempo inebriou minha cabeça, exausta, profundamente deprimida de espírito, passava o resto da noite sem dormir, em lágrimas, em reflexões que corroem a alma! Deus deu à mulher um belo destino, embora não tão glorioso, não tão alto quanto indicou ao homem – um destino para ser uma penada doméstica, uma consoladora para um amigo escolhido, uma mãe para seus filhos, para viver a vida de seus entes queridos, e marchar com a cabeça erguida e uma alma iluminada rumo ao fim de uma existência útil. Tal participação não é digna de inveja e bênçãos? Mas viver como uma órfã, na monotonia, imperturbável por qualquer coisa, no nevoeiro, através do qual nem o sol nem o orvalho matinal podem romper; sentir que a única felicidade possível na vida de uma mulher nunca foi e nunca será minha sorte; não ter um único desejo, não nutrir uma única esperança; não poder confiar minha alma a nenhum amanhã, tendo passado os dias sem sentido, entregar à sepultura o resultado de uma vida inútil, como capital confiado em vão a uma pessoa abandonada no deserto, onde não precisava de ouro, mas de um pedaço de pão – esta é uma posição que arrepia a alma, suprimindo nela toda a capacidade de atividade, todas as forças da energia!

E nessas conversas secretas comigo mesma, não pude deixar de sentir que a natureza havia me criado para uma vida tranquila e hermética; que só no círculo familiar eu poderia conhecer e discernir a felicidade ao meu redor: o brilho, os jogos, o ruído festivo da sociedade deslizava por mim, sem seduzir minha alma. O que são para mim o elogio e a admiração das pessoas? O que tenho eu a ver com a minha mente e os meus talentos? O primeiro é dado pelo acaso, o segundo é adquirido pela paciência: qualquer um pode tê-los. Mas meu coração diz respeito apenas a mim! Nele está a fonte do bem, a fonte da felicidade; nele se escondiam os tesouros do sentimento, o paraíso da amizade e do amor, mas ninguém o viu, as pessoas não o notaram, ninguém quis reconhecê-lo ou apreciá-lo: de que me servem as reverências, os sorrisos cínicos sem simpatia? E nem uma vez um pensamento vão passou pela minha cabeça, nem uma vez um sorriso alegrou meu rosto, sem que naquele momento meu coração não se enchesse de tristeza, não pagasse um momento de alegria e vanglória por um eco de triste solidão!

Na presença de meu pai e de meu irmão, ria-me dos espinhos, temendo que uma queixa perturbasse a calma, redimida às custas de minha vida; mas não conseguia, não encontrava forças em mim mesma para secar as lágrimas na fonte, para suprimir o suspiro que mal surgia.

Aqui segue o único sentimento que superou em mim todas as lutas da razão e da vontade; o sentimento em que me censurei amargamente, desejando carregar com fervor a minha cruz não só com resignação, mas com satisfação, com alegria. Deus sabe que ninguém jamais presenciou minha covardia, mas não quero escondê-la de você; tendo-o escolhido como meu juiz póstumo, quero confessar-lhe tudo, até um mísero tremor, até o menor pensamento...

Com os movimentos incessantes das tropas, segui meu marido por toda parte; em todos os lugares, eu era sempre a mesma, não mudava minhas opiniões ou ações. Pessoas inteligentes em todos os lugares deram-me atenção; tolos teceram invenções absurdas contra mim. Mas existe uma terceira classe de pessoas, as mais perigosas para qualquer um que vá além do círculo do comum. Com frequência, essas pessoas têm uma inteligência e muitas virtudes, mas sua mente não é forte o suficiente para domar o orgulho que as domina, nem fraca o suficiente para, cegas pela ousada autoconfiança, colocarem-se acima de qualquer outra criação visível. Elas conhecem seus defeitos e consideram qualquer superioridade do próximo como um insulto pessoal; elas não podem perdoá-lo nem mesmo uma sombra de perfeição. Ah, essas pessoas são mais assustadoras do que a peste! Elas riem-se da blasfêmia vulgar do tolo, mas sua calúnia cautelosa, sua calúnia deliberada e plausível, não pode ser desacreditada. Estes candidatos a gênios de mente livre são a corte suprema, são os mais exasperados e deles as notícias mais venenosas contra mim foram espalhadas.

Chegou a hora que essas notícias alcançaram meus ouvidos; como sempre acontece, elas caíram sobre mim de súbito, de todos os lados, ensurdecedoras, girando minha cabeça.

Enquanto a calúnia sibilava aos meus pés, enquanto rastejava no pó, eu a olhava com indiferença; mas estender a mão ao meu nome, ao meu coração, atribuir-me ações que não passariam nem por meus pensamentos; mas acusar-me de um afastamento total dos meus deveres, dos preceitos da fé e da honra – foi isso que me atingiu dolorosamente, que envenenou com bílis muitos minutos de minha vida.

Desde então, tanto quanto possível, afastei-me da sociedade: tornei-me ainda mais alienada das pessoas; substituí as preocupações com a iluminação da mente através da reflexão; coloquei minha vida anterior sob severo julgamento; olhei para a sociedade não através do prisma da amargura anterior, mas com a imparcialidade do meu intelecto, arrefecido da primeira febre. E tudo mudou aos meus olhos! Eu vi a mesma sociedade, as mesmas pessoas, mas já por outra perspectiva, e dessa vez sendo eu a juíza da sociedade e das pessoas, defendi-as amplamente.

As pessoas são crianças, sempre preocupadas, sempre agitadas. Apressando-se atrás do esquivo amanhã, será que têm o luxo de dissecar e analisar a essência daquilo que se apresenta a seus olhos?... De passagem, eles lançam um olhar superficial sobre sua aparência externa e somente dessa aparência carregam consigo suas memórias. Não é culpa delas que muitas vezes o olhar recai sobre um objeto por perspectivas distorcidas: elas o viram assim, julgaram e condenaram assim. Elas estão certas!

Ai da mulher que é elevada pelas circunstâncias ou por sua própria vontade inexperiente a um pedestal colocado na encruzilhada de povos que correm atrás da vaidade! Ai, se ela se torna o foco da atenção das pessoas, se elas lhe voltarem sua frivolidade, se a escolhem como o alvo de seus olhares e julgamentos. E, ai! Cem vezes, ai dela! Se, seduzida por sua perigosa eminência, olha com desdém para a multidão, agitada a seus pés, não compartilha de seus jogos e caprichos e não se curva perante seus ídolos!

Por fim, compreendi esta grande verdade e de todo o coração reconciliei-me com meus perseguidores.

Tendo-me libertado da ilusão temporária, tendo expurgado a minha mente de pensamentos de orgulho e vaidade, tendo banido do meu coração tudo o que o fazia tremer de sensações hostis, reassentei em espírito aos anos da minha primeira juventude, ressuscitei em minha alma os preceitos de minha mãe, desejei sinceramente, de todo o coração, amar o próximo com incansável amor, olhar o mundo com seus olhos. Se a vida é tão pobre em essência que uma pessoa não pode viver sem sonhos, então é melhor para mim, Senhor, viver a ilusão de que o mal não existe, do que na constante suspeita do vício numa simples fraqueza! Rezei com fé, com lágrimas, desejando com ardor derramar sobre os outros aquela felicidade que só conhecia pela ausência... O Misericordioso ouviu minha oração: o espírito de minha mãe envolveu-me, encontrei a paz no silêncio da solidão e alegria em minha própria alma.

Mas era impossível apagar os vestígios dos meus antigos delírios na memória das pessoas, fazê-las esquecer o passado. Parece-me que a semente do mal é mais frutífera do que a semente do bem, porque esta geralmente morre e é esquecida, enquanto os rebentos da primeira sobrevivem a quem a semeou.

Essa é toda a minha vida, Vlodínski; a vida social e a interior. Eu a apresentei a vós de ambos os lados; e agora que vós conhecestes todas as minhas falhas, todos os meus delírios, compare-os com o exagero monstruoso do "tribunal da sociedade" e julgue quantas vezes as acusações excederam a culpa.

Agora me resta mencionar uma, a única época luminosa de minha existência, que me trouxe luz logo depois de meu afastamento da sociedade, como que em recompensa por meus sofrimentos passados, como um resgate por tudo o que me esperava no Além. Foi um presente de despedida da vida, uma promessa de minha completa reconciliação com o céu e com as pessoas.

Vlodínski, lembrai-vos do tempo em que o destino de forma tão inusitada nos juntou em uma terra estrangeira, sob um teto alheio?... Ressuscitai-o em vossa memória, transportai-vos para as horas em que, esquecendo as perturbações do mundo, nós nos entregávamos tão serenos ao prazer mútuo de ler a alma um do outro; quando, sob a ferrugem de hábitos e impressões sociais, descobri em vós talentos tão belos, tanta prontidão para o sublime, e esse segredo, muitas vezes desconhecido da própria pessoa, um sentimento elevado, gracioso, esse desejo de perfeição sobrenatural que, assumindo a forma de palavras ou imagens nas almas de alguns poucos escolhidos e refletidos em suas obras, surpreendem o mundo com as maravilhas da poesia, da música, da pintura, da realização do divino ora no mármore, ora na tela mortal...

Eu vos vi com meus olhos espirituais, eu vos compreendi através da empatia; e agora, quando todos os meus laços com o mundo foram rompidos, todas as relações foram destruídas, agora posso confessar, sem ofender nem o céu nem a honra, eu vos amei!... Sim, Vlodínski, eu vos amei com toda a força do meu primeiro amor virginal; agarrei-me a vós com todos os meus sentimentos, rejeitados, enganados, ridicularizados por tudo a que se agarraram no mundo. No abrigo criado para mim pelo vosso amor, a minha alma descansou e refrescou-se, recolhida do abafado deserto da sociedade, exausta da odiosa peregrinação, obsoleta e sem ter experimentado um único minuto de vida plena. O vosso amor puro e tímido não a assustou, mas a envolveu, não perturbou a minha virtude, pelo contrário, reforçou-a, elevou-a com uma nova aspiração ao celestial. A paixão intoxica a mente, oprime os sentidos, esmaga-os e queima-os, como um redemoinho no deserto queima as flores delicadas que por acidente cresceram numa pedra. A paixão não pode dar nem fortalecer a felicidade. Sua bela alma a rejeitou, compreendendo o verdadeiro bem-estar do amor manso daqueles que habitam os céus. E eu me entreguei a ela com confiança, não despertei o meu dever ou minha consciência para lutarem contra isso: seu fogo sagrado era meu melhor guardião, minha proteção mais segura contra o vício.

Durante quatro meses vós não traístes minha confiança com uma palavra ou um olhar; nem por um momento perturbaste meu paraíso, no qual respirei uma vida tão plena, esquecendo a sociedade com seu vazio e sua hostilidade, esquecendo toda a pobreza e miséria da minha existência... Agradeço, Vlodínski! Agradeço por realizar meu sonho mais belo! Agradeço por vosso amor, pelos meus sentimentos, pelas lágrimas de alegria, a única alegria que o céu permitiu-me na Terra!

Não confunda por hipocrisia a extrema severidade de meu tratamento para convosco; não me acuse de falsidade de caráter, se naquela época eu não era o que as pessoas viam antes: repito, minha mente fora corrompida, mas meu coração sempre permaneceu em sua pureza imaculada. Com os outros, vivi com uma só mente, e eles viram seus reflexos impuros, mas convosco, em vossa companhia, os conceitos sagrados da minha infância foram ressuscitados e o fogo do *coração purificou, iluminou a mente, que antes havia sido transformada pela experiência; em vossa presença eu não pude ser uma mulher superficial e vaidosa: tentei suavizar em minha alma os vestígios de insultos, dúvidas, amargura, para expulsar dela a própria lembrança da antiga vida sem pecado, mas demasiado experiente. Gostaria de me recriar, vestir a pureza da ignorância infantil, brilhar com a luz da inocência angelical, para poder entrar com orgulho e destemor no paraíso, cujos portões me foram abertos pela primeira vez.*

O nosso amor mútuo, oculto profundamente de nós mesmos, reverenciei como um santuário; guardei-o como uma mãe guarda a pureza de sua filha amada. A mais ínfima piada, soprando nele um pesado ar mundano, uma brincadeira um pouco libertina, me aterrorizariam como um crime. Mesmo para nossas conversas cotidianas, para expressar pensamentos e sentimentos, gostaria de encontrar uma nova linguagem, não contaminada pelo uso vulgar...

Vós sabeis que, se naquele momento algum acaso, tendo restaurado minha liberdade, permitisse a nós abrirmos nossos sentimentos aos olhos do mundo inteiro, eu teria rejeitado a união convosco por medo da publicidade de meu amor, por puro temor de que a fala ambígua das pessoas, com seu olhar invejoso, contaminasse sua pureza, de modo que seus sorrisos imodestos, mesmo imprudência acidental, insultassem seu candor?

Eis a que ponto eu exaltei o sentimento desse amor, com que reverência o envolvi! E no momento em que percebi que os pensamentos terrenos haviam invadido nossas almas nas asas douradas da juventude, não hesitei em preferir a separação eterna à sombra mais leve que a paixão nascida em vós poderia projetar no alvorecer puro de nossa primeira relação. Queria levar comigo o sentimento de amor em toda a sua força, em toda a sua plenitude, um sentimento que não tivesse sido perturbado pela paixão, que não tivesse sido deteriorado por uma única lágrima de remorso! Eu queria que o pensamento de minha pessoa brilhasse em vossa memória como uma centelha celestial, para que um encontro momentâneo comigo fosse impresso em toda a vossa vida como uma senda iluminada, separada de todos os pensamentos sobre os prazeres passados e futuros do amor – amor que tão cedo se esgota em outras mulheres...

Não tenhais medo de ressuscitar em vossa alma os sentimentos dedicados a mim. Expulsai dela os monstros, criados pelo tribunal da sociedade em torno de minha imagem; amai-me com o vosso antigo e reverente amor: nem por um momento deixei de ser digna dele! E que a minha memória, que o meu perdão, que o vosso esforço constante para aliviar as dores dos outros e tornar feliz tudo ao vosso redor tire da consciência o peso do pecado que carrega, vos reconcilie-vos com o Senhor, ilumine vossa vida com um raio da graça celestial...

O tribunal da sociedade agora pesa sobre nós dois: eu, uma mulher frágil, que ele esmagou como um ramo quebradiço; vós, oh, vós, um homem forte, criado para lutar contra o mundo, o destino e as paixões dos homens, ele não só justificará, mas até exaltará, porque os membros deste terrível tribunal são todos medrosos. Do vergonhoso cadafalso em que ele deitou minha cabeça, quando o ferro fatal da morte já se ergueu sobre meu pescoço inocente, ainda apelo a vós com as últimas palavras de meus lábios: "Não o temam!... Ele é um escravo dos fortes e destrói apenas os fracos...".

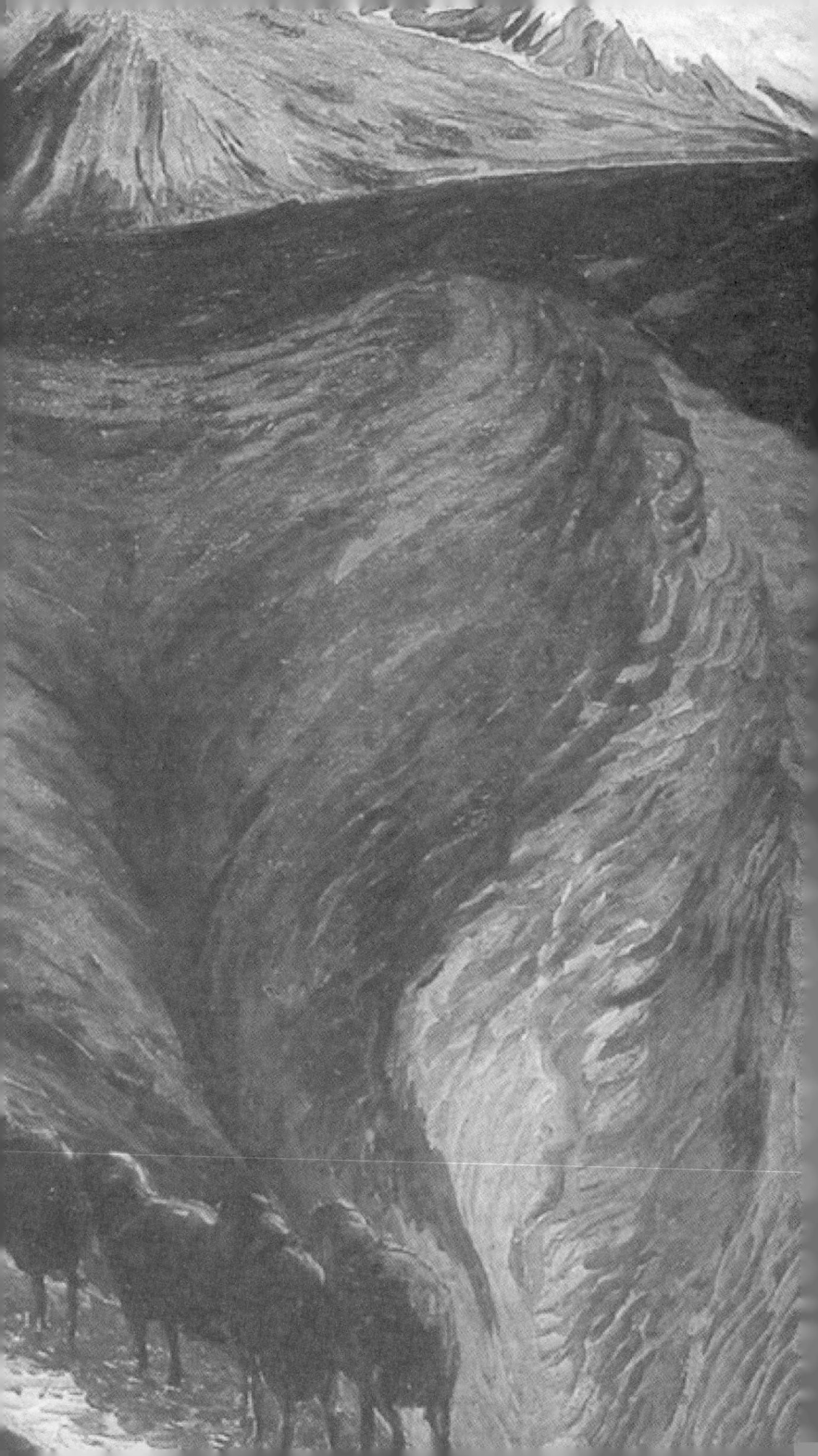

Primavera de 2023

Editora Nova Alexandria
www.editoranovaalexandria.com.br

Impressão e Acabamento | Gráfica Viena
Todo papel desta obra possui certificação FSC® do fabricante.
Produzido conforme melhores práticas de gestão ambiental (ISO 14001)
www.graficaviena.com.br